L'Arcipelago Einaudi
49

© 2004 Giulio Einaudi editore s.p.a., Torino

www.einaudi.it

ISBN 88-06-16771-5

Marcello Fois

Sheol

Einaudi

Sheol

I vermi sono difficili da sopportarsi da parte del morto, quanto un ago nella carne di un vivo.

Talmud

Il razzismo e l'antisemitismo fascisti sarebbero stati dunque una formalità, senza radici, senza evidenza né consenso sociale.

In effetti, un professore universitario di sinistra mi diceva di aver conosciuto solo ebrei che erano stati aiutati, e ho stentato un po' a fargli capire che non poteva essere altrimenti: gli altri che non avevano trovato solidarietà, ma indifferenza o delazione, non erano sopravvissuti.

STEFANO LEVI DELLA TORRE,
«il manifesto», 16 febbraio 1995

1. C'era una cosa...

C'era una cosa che lo faceva andare in bestia. Una cosa per la quale poteva scordare persino i piú elementari princîpi di civiltà: quando spegnevano le cicche nel suo posacenere. Per Ruben Massei, ispettore della Mobile del Commissariato Zona Centro di Roma, il posacenere aveva un valore esclusivamente decorativo. Era un elemento indispensabile nella specifica cosmogonia del suo tavolo, ma assolutamente privo di funzioni. Anche perché Ruben Massei odiava il fumo.

Qualche volta i colleghi si divertivano a toccargli le sue cose. Spostavano il blocchetto degli appunti; invertivano le pratiche disposte in rigoroso ordine alfabetico; spegnevano le cicche sul suo posacenere intonso, appunto.

L'agente fu costretto a toccargli una spalla per farsi notare: – Il dottor Centi, – disse schiarendosi la gola.

L'ispettore Massei fece uno scatto, come chi si svegli da un colpo di sonno: – Sí? – chiese vedendo per la prima volta il giovanotto in divisa al suo fianco.

– Il dottor Centi, – ripeté lui, – dice che può riceverla adesso. Ha provato a chiamarla all'interno, ma era sempre occupato, – si giustificò imbarazzato dalla mancanza di reazione dell'ispettore.

Ruben Massei si drizzò sulla sedia. «L'interno, occupato?» domandò a se stesso correndo con lo sguardo verso il telefono. Afferrando la cornetta, vide lo spessore sotto l'impugnatura che, impedendole di riattaccarsi, bloccava la linea. Si guardò intorno perforando col viso aggrottato i colleghi che fingevano di occuparsi di qualcosa. – Molto divertente! – urlò. – Davvero, non sto piú nella pelle dal divertimento! – aggiunse in risposta alle risate soffocate che aleggiavano nella stanza.

L'agente sollevò le spalle sforzandosi di non ridere. Si limitò a rivolgere all'ispettore uno sguardo che voleva significare «non se la prenda».

– Sto arrivando! – tagliò corto Ruben Massei, che di tutto aveva voglia fuorché della comprensione di un ragazzino. Con un colpo di reni fece indietreggiare la sedia girevole e si alzò in piedi assumendo l'aria piú severa che avesse a disposizione.

L'agente lo precedeva di due o tre passi. Ma, davanti alla porta dell'ufficio del commissario, Ruben Massei ebbe come un ripensamento. – Un attimo, – disse bloccando il ragazzo proprio mentre si apprestava a bussare. – Un attimo e arrivo, – chiarí tornando indietro.

Il posacenere era rimasto là, quasi al bordo sinistro del suo tavolo, colmo di cicche di tutti i tipi. L'ispettore Massei lo afferrò con un fazzolettino di carta e si avviò verso la scrivania dell'ispettore Pittalis. All'apice del cumulo di macerie da cui era invasa, spiccava, in bella mostra, una pratica aperta. Con un gesto misurato e scientifico, incurante degli sguardi tra il sorpreso e il divertito dei colleghi, scaricò l'intero contenuto del posacenere sulla pratica, con la stessa cura con cui avrebbe sistemato il puntale sulla cima dell'albero di Natale. Poi si avviò al suo tavolo e rimise il posacenere nella stessa posizione, quasi sul bordo sinistro, che Dio, Dio in persona, gli aveva affidato fin dal primo giorno in cui lui aveva preso possesso di quello spazio.

4

L'ufficio del dottor Centi non era molto grande, ma aveva una buona posizione. Un'ampia finestra illuminava dal lato destro tutta la stanza. C'erano anche delle piante e un divanetto a due posti di fianco all'entrata. Con un gesto della mano il commissario lo invitò a sedersi proprio lí, mentre rispondeva al telefono. Riattaccando gli indirizzò una specie di sorriso: – Non ho molto tempo, ispettore, aveva bisogno?

– I tre naziskin scomparsi qualche mese fa! – annunciò l'ispettore senza troppi preamboli. – Hanno trovato la macchina poco fuori Roma. Era parcheggiata a cento metri da una villa. *Villa Ancona*, a Rignano, – scandí, dopo una pausa a effetto, aspettando una reazione.

Il dottor Centi non ebbe reazioni. – *Villa Ancona*, – confermò sentendo la sua voce assumere un tono un po' ebete.

Ruben Massei allargò le braccia. – Francesco Salvati, Alessandro Cascione e Luana Melli, – elencò, – scomparsi da quattro mesi, hanno lasciato la macchina proprio a cento metri da *Villa Ancona*.

– E allora? – smorzò il commissario.

– E allora, – lo interruppe Massei approfittando del fatto che il suo superiore si stava versando da bere, – quattro mesi fa è scomparsa Luce Ancona, proprio mentre si recava alla villa.

– E per tutto questo tempo, dopo tutti i rilevamenti fatti sul posto, la macchina di questi tre non è mai saltata fuori! – gli fece il verso il commissario.

– Se fossimo stati indovini forse l'avremmo cercata proprio lí, – constatò l'ispettore quasi a giustificarsi. – Ma non l'abbiamo cercata perché non c'era nessun motivo di cercarla, – concluse.

Il dottor Centi dovette ammettere dentro di sé che l'ispettore Massei aveva ragione. Ma questo non bastò a entusiasmarlo. La denuncia per la scomparsa dei giovani era stata fatta dalle famiglie una decina di giorni dopo l'ultima volta in cui erano stati visti. La denuncia per la scomparsa di Luce Ancona era stata fatta il giorno dopo dal marito. Questo era il motivo principale per cui, probabilmente, quella coincidenza nella data era sfuggita. Tanto piú che proprio in seguito al controllo per la denunciata scomparsa della donna, controllo senza convinzione, si era scoperto che *Villa Ancona* era stata visitata da vandali. E poi, che legami potevano esserci fra tre giovani sbandati che bazzicavano gli ambienti dell'estrema destra e una ricca signora ebrea? Il commissario Centi si guardò bene dal formulare a voce alta quest'ultima domanda, anche perché immaginava la risposta. L'ispettore Massei avrebbe risposto con un'altra domanda: «Che legami possono esserci tra un orso e il miele?» O cose di questo tipo.

– Sparire non è un reato. Le denunce sono state prese nella dovuta considerazione; i soggetti sono stati regolarmente inseriti nel CED, – si limitò a dire il commissario Centi. – È stato eseguito un accertamento di routine. È un collegamento che non sta in piedi, se è lí che vuole arrivare, – concluse guardando l'orologio.

– Lo so –. Il tono di Ruben Massei aveva un che di provocatorio. – Ho visto i risultati della routine. E se mi è permesso, – lo diceva a un giovane che poteva essere suo figlio, – credo che il collegamento stia perfettamente in piedi.

Il commissario Centi ebbe un moto di stizza. – Proprio adesso! Ma si rende conto? Li legge i giornali? Perché se non lo fa, la informo io che siamo a un passo dalle elezioni! E «se mi è permesso», ispettore, se i due fatti sono collegati, siamo nella...

6

– ...Nella merda, – completò l'ispettore. – Con le comunità ebraiche che sono in subbuglio per la destra che avanza e per la data delle elezioni!

– Con i naziskin che rialzano la cresta, – rincarò il commissario. Poi, avviandosi verso la finestra, tentò di rasserenarsi. – Cadaveri non ce ne sono, – rifletté senza staccare lo sguardo dalle macchine che sfrecciavano nel viale sottostante. – I casi sono due: o la donna, per una ragione che ci sfugge, se n'è andata con i ragazzi chissà dove; o i ragazzi l'hanno fatta fuori e sono spariti. Ma finché non si trova un cadavere, questa seconda ipotesi è solo accademia. Per quanto riguarda la prima, invece, sono tutti maggiorenni...

– Insomma, – provocò l'ispettore, – se ne sarebbero andati senza rubare niente? Senza macchina? Se l'ipotesi è che i ragazzi hanno organizzato un colpo alla villa, e tutto lo fa pensare, perché non hanno rubato nulla?

– È quello che dovremmo scoprire, secondo lei? – La voce del commissario lasciava trasparire un fastidio crescente.

– E se hanno ucciso la padrona di casa, perché non sono fuggiti con la loro macchina? L'avevano lasciata poco distante, – incalzò l'ispettore.

– Comunque non sarebbe in grado di... di occuparsi di questa vicenda.

– Pensa che io non abbia abbastanza esperienza per... occuparmene? – domandò incredulo Ruben Massei facendo un rapido calcolo degli anni, dei giorni, delle ore e persino dei minuti passati in polizia.

Il commissario sospirò. – Sa bene che non intendevo niente del genere. Mi riferivo solo alla mole di lavoro che abbiamo.

Franz, al secolo Francesco Salvati, guardò l'ora, poi spense la televisione, che non trasmetteva niente d'interessante. Puntando l'indice verso il video spento, fece un sorriso alla sua immagine riflessa.

L'altro, quello chiamato Rommel, entrò nella stanza con un asciugamano sulle spalle.

– Sicuri? – chiese appoggiando sul pavimento i pesi da dieci chili l'uno, coi quali si era allenato. Cercò una maglietta da indossare.

– Stasera. È un'informazione sicura, – sibilò Franz. – Ma questa volta si fa come dico io!

Luana, una biondina dal seno abbondante, arrivò in quel momento. – Stasera? – chiese sedendosi sulle ginocchia di Franz.

– È facile come rubare le caramelle a un bambino, – sussurrò lui infilandole una mano nella scollatura dell'accappatoio. – Si entra e si fanno un po' di danni, cosí non si rilassano troppo, quegli ebrei del cazzo.

La donna s'inarcò rovesciando la nuca sulla spalla di Franz, per permettergli un'esplorazione piú profonda. Rommel, che aveva rinunciato a cercare qualcosa da mettersi addosso, avanzò verso i due e, afferrando Luana per i capelli, la invitò a offrirgli la bocca.

Non è che guidasse sempre a quell'ora di notte, anzi guidare col buio non le piaceva affatto. Fortunatamente, negli anni, la distanza fra la città e il paese si era sensibilmente ridotta: cosí Luce Ancona doveva attraversare chilometri di periferia con i suoi casermoni tutti uguali, prima di considerarsi ufficialmente fuori Roma.

Compiuta questa prima parte del percorso, la strada da fare prima di Rignano era poca. Le prime luci del paese infatti apparvero subito dopo il curvone.

Era stata una giornata grigia, con leggeri piovaschi nel pomeriggio. Ma ora la strada si presentava completamente asciugata dal vento che, spazzate le nubi, rivelava il cielo stellato.

Il traffico scarso a quell'ora di notte l'aveva rasserenata. L'inquietudine che l'aveva spinta a mettersi in viaggio, costringendola a ubbidire a un impulso piú che a un ragionamento, sembrava scomparsa. Aveva bisogno di riflettere. Da settimane proponeva a suo marito di trascorrere qualche giorno di vacanza alla villa. Ma lui era sempre troppo impegnato, troppo preso dall'azienda e dalle riunioni fino a tarda ora.

Cosí era partita da sola. Che lui la raggiungesse, se ne aveva voglia.

Oltre l'ampio rettilineo, percepí il profumo dei cespugli di caprifoglio che abbracciavano il muro di cinta della villa.

Fu allora che vide qualcosa in mezzo alla strada. Un ragazzo, le parve. Un adolescente in piedi al centro della carreggiata che le faceva cenno. Spingendo sul freno dovette sterzare per non investirlo.

Rommel si appiattí sull'erba umida: – Siamo sicuri che sia questo il posto? – chiese con ansia.

Franz non rispose nemmeno, si limitò a sbuffare lanciando al camerata una pistola con il silenziatore.

– Sei sicuro che sia disabitata? – riprese Rommel. Tutte le volte che diventava nervoso cominciava a fare domande.

– Bene, tutto bene, – commentò fra i denti Franz abbassandosi per evitare i fari di un'auto che avanzava. Gli altri due lo imitarono con un gesto automatico.

9

Luana non riuscí a trattenere un moto di scherno, notando con quanta furia si erano buttati a terra per non farsi vedere. – Perché l'abbiamo portato, quel cannone? – ironizzò indicando la pistola.

All'improvviso l'auto aveva cominciato a sbandare, abbagliando a intermittenza la porzione di muro di cinta con fasci luminosi che sfioravano le loro teste.

Quando la macchina finí fuori strada, Luana fu la prima ad alzarsi per raggiungerla.

Aveva battuto con un tonfo secco di vetri frantumati e lamiere accartocciate, andando a incunearsi in un fossato poco profondo al margine della strada.

Luce Ancona attese qualche secondo prima di scendere. Intanto il ragazzo senza parlare si era accostato alla macchina.

Ora poteva vederlo da vicino: gli abiti zuppi, il fisico esile, il viso gonfio, i capelli biondi imbrattati di fango.

Le tese una mano cerea e lei si lasciò trasportare fuori dall'abitacolo come ipnotizzata, incapace di opporre resistenza. Non si accorse nemmeno del rivolo di sangue che le colava dalla tempia, ma vide i vermi che brulicavano sul volto del ragazzo regalandogli l'orrore di un ultimo sorriso.

Poi, capendo, si limitò a cadere...

Luana si piegò verso il corpo della donna, che era caduta distesa sull'asfalto. – È ancora viva! – urlò rivolta a Franz e Rommel che sopraggiungevano.

Con un gesto quasi delicato i due uomini trascinarono Luce verso il bordo della carreggiata, sentendola respirare debolmente, mentre Luana frugava all'interno dell'abitacolo.

– Che facciamo? – chiese Rommel.

Franz non rispose, se non con un sorriso appena accennato. Fu Luana a risolvere il problema nel modo piú logico, facendo tintinnare le chiavi della villa che aveva trovato nella borsetta della donna.

Sentire lo stridio del grande cancello; sentirsi trascinare con i piedi inerti che lasciavano solchi polverosi sul selciato; avvertire il gelo dei gradini sulle caviglie: con queste percezioni, che si facevano strada nella confusione piú totale della sua mente, Luce si lasciò trasportare da tre sconosciuti all'interno di casa sua.

Entrando nel salone a piano terra, Luana emise un breve ululato a metà tra la soddisfazione e la meraviglia. Franz si guardò intorno scuotendo il capo per lo stupore: non che potesse apprezzare i quadri alle pareti o i tappeti o gli arazzi e le sculture, solo non credeva che potessero starcene tanti in una sola stanza.

Rommel, che era rimasto il solo a reggere la vecchia, la lasciò cadere sul pavimento per proiettarsi verso il fornitissimo mobile bar.

– Magari c'è una cassaforte, – esclamò Luana che aveva visto troppi film. – Magari è nascosta dietro uno di questi quadri, – insistette, vedendo che i ragazzi non le davano ascolto, presi com'erano a ingollare alcolici direttamente dalla bottiglia.

– Dài, rilassati! – le ordinò Franz. – Abbiamo tutta la notte, vieni a bere qualcosa.

– Certo che questi fottuti rabbi la vita se la sanno godere! – constatò Rommel asciugandosi la bocca col dorso della mano. Con un gesto non calcolato fece cadere a terra un vaso di cristallo che doveva valere un mucchio di soldi. Luana restò interdetta per un attimo, poi con un cuscino del divano spazzò via dal tavolino del salotto un'intera collezione di porcellane. Franz rise, con la sua risata aperta, e per tutta risposta fece ribaltare con un calcio la vetrinetta degli argenti, che esplose sul pavimento.

Luce tentò di muovere un braccio. Poi la gamba destra e la sinistra. Poi il busto. Cercando di sparire alla vista di quei giovani che stavano facendo scempio della sua casa. Ora li poteva quasi vedere distesi sul divano, felici come bambini. Riusciva persino a scivolare con scatti impercettibili delle reni: doveva raggiungere l'esterno e cercare aiuto.

Luana si dava un gran da fare sul divano fra Rommel e Franz. – Facciamolo in camera da letto! – propose a un certo punto.

Rommel si fermò guardando Franz, come ad aspettare un assenso. – Sí, mi piace! – decise il capo. – Ma non ho voglia di portarmi su la vecchia. Noi saliamo e tu resti qui di guardia!

Luana sorrise pregustando la sofferenza di Rommel per quell'esclusione.

– Questa è una stramaledetta super idea del mio cazzo! – stava infatti protestando lui. – Facciamola fuori subito e poi ci andiamo a divertire!

– Si fa come dico io! – tagliò corto Franz mentre si tirava in piedi. – E se la fai fuori prima che io ti chiami, questa te la scordi per un mese! – concluse afferrando la ragazza alla cintura per farla alzare dal divano.

Rommel abbassò la testa. Era furioso con quella vecchia stronza che non era riuscita nemmeno a crepare. Era furioso. Era furioso perché sentiva Franz e Luana ridacchiare per la sua rabbia. Era furioso perché questo sarebbe servito a farli divertire ancora di piú, una volta raggiunta la camera da letto. Con la vista appannata dalla rabbia, cercò la vecchia. In un primo momento, il non vederla gli parve solo uno scherzo dei suoi nervi. Si sfregò gli occhi. Poi cominciò a perlustrare la stanza sempre piú inquieto.

Corse verso lo scalone che portava ai piani superiori. – La vecchia, è sparita la vecchia! – urlò senza salire.

Franz apparve scalzo, con addosso solo i pantaloni. – Che cazz...

Rommel non lo lasciò finire. – Non è una stronzata, è proprio che è sparita! – spiegò.

Luana fece capolino in cima alle scale per chiedere che cosa stesse succedendo.

– Muovi il culo! – le ordinò Franz. – Bisogna trovarla.

La scovarono quasi subito. Arrancava verso la serra. Rommel le piombò addosso. Dopo averla atterrata, cominciò a calciarla con la punta metallica degli scarponi. – Stronza, vecchia stronza di una rabbina del mio stracazzo! Volevi farmi fesso? – domandava al corpo inerme di Luce Ancona.

Franz si sentí improvvisamente piú calmo. – Dobbiamo ucciderla! – sibilò afferrando la pistola.

Il primo proiettile la colpí alla spalla e sembrò costringerla a vivere. Con uno scatto Luce si portò in avanti e, mettendosi in piedi, guadagnò quei pochi metri che le permisero di raggiungere la radura oltre i cespugli d'ortensie. Allo scatto Rommel si era tirato indietro, forse perché per un attimo aveva incontrato lo sguardo della donna e quello sguardo non aveva niente di umano. Poi vide Franz e Luana correre dietro di lei e anche lui si mosse afferrando la pistola. Fu proprio Rommel a mettere a segno il secondo colpo. Al fianco. Luce si lasciò andare sentendo il sangue che le colava fino ai piedi. «Dovrei cadere, a questo punto», pensava dicendosi che era ancora viva. Si lasciò cadere, dunque, come a seguire un copione; come se quella scena non appartenesse alla sua vita, ma al suo film. Ed era ancora viva.

– È ancora viva! – protestò Rommel sentendola respirare. Con smarrimento si guardò attorno, constatando che dietro di lui Franz e Luana si aspettavano che facesse qualcosa. Una specie di tremore lo travolse; sfilò il pugnale dalla cavigliera dello scarpone: con un urlo fu sopra la donna, afferrandola per la fronte tracciò un largo sorriso nella sua gola.

Franz e Luana non osarono muoversi, rapiti da una deferenza mai provata per il loro camerata. Si limitarono ad aspettare che fosse lui a cambiare quella situazione di stallo. Cosí Rommel cominciò a ridere. Senza voltarsi, con sussulti sempre piú spasmodici. – Merda, mi è diventato duro da paura! – balbettava artigliandosi il cavallo dei jeans.

2. Non c'era nient'altro...

Non c'era nient'altro da fare. Bisognava riesaminare tutto con calma. Fare il punto della situazione partendo proprio dalle lacune, anche ovvie, delle ricerche precedenti.

La pratica piú voluminosa era quella riguardante i tre ragazzi scomparsi. Nel lato esterno di quell'unica cartella, di un rosa opaco, qualcuno, con una scrittura in stampatello non troppo precisa, aveva segnato i loro nomi. Tutto per risparmiare sulla cancelleria. Tre cartelle per un caso cosí secondario erano veramente troppe. Si pentí di quel pensiero. Perché i casi secondari non esistono. Cosí sfilò dal primo cassetto della sua scrivania tre cartelle nuove di zecca, e con un pennarello scrisse su ognuna un nome.

Francesco Salvati. Frosinone 1971. Franz per i camerati. Già schedato. Fermato durante gli scontri dell'ultima partita Roma-Napoli. Possesso di armi: un pugnale da trekking. Titolo di studio: scuole dell'obbligo.

Alessandro Cascione. Roma 1972. Oriundo tarantino. Fotografato dalla Digos durante un'assemblea neonazista al quartiere Prati. Sospettato di aver fatto parte di un raid contro un extracomunitario a Villa Borghese. Nessuna prova a suo carico. Possesso di armi: non comprovato. Detto Rommel per un tatuaggio sul pettorale destro col ritratto del generale nazista. Titolo di studio: due anni di Istituto

15

Professionale per Periti Elettrotecnici. Segnalato in Germania durante gli scontri del primo maggio 1991.

Luana Melli. Orvieto 1973. Incensurata. Iscritta al Fronte della Gioventú dal 1989. Titolo di studio: diploma magistrale.

Seguivano le foto segnaletiche inviate a tutti i commissariati nazionali subito dopo la denuncia di scomparsa.

Tutti e tre ragazzi comuni, famiglie comuni. Impiegati statali i Salvati. Guardia giurata e casalinga i Cascione. Medico veterinario e insegnante i Melli.

La denuncia era stata inoltrata quasi contemporaneamente dalle tre famiglie. Prima dai Melli, che si erano rivolti alla polizia dopo otto giorni di silenzio totale da parte della figlia. Sapevano delle sue simpatie politiche. Sapevano di una relazione col Salvati. Sapevano che non potevano spiegare quando e come la loro primogenita avesse deciso di non dare spiegazioni sulla sua vita. Usava la casa come un albergo. Tornava per lavare la roba. Per svuotare il frigorifero. Si limitava a urlare che faceva soltanto i propri comodi. Ma non usava termini cosí raffinati.

La mattina dopo si erano presentati la madre del Salvati e il padre del Cascione. Era la prima volta che s'incontravano. Si guardarono di sbieco. Sorpresi di trovarsi nello stesso posto per la stessa ragione. Si accusarono a vicenda dell'influenza negativa nei confronti dei rispettivi figli.

Francesco Salvati abitava in un appartamentino poco distante dalla Pineta Sacchetti. Due camere e cucina che erano appartenute alla nonna defunta da sei anni. Ma di lavoro non ne parlava. Si manteneva chissà come e ospitava un sacco di gente losca, diceva la madre guardando di sguincio il padre del Cascione.

Alessandro Cascione non faceva differenza: era una fotocopia dell'amico. Col quale divideva, per lunghi periodi, l'appartamento.

Il sopralluogo nel bilocale, fatto piú che altro per scrupolo, non forní elementi utili. Non c'era niente che potesse far pensare a un'assenza prolungata da parte dei suoi abitanti. Ma c'erano i segni della presenza della ragazza. Nella camera da letto gli indumenti sparsi nei cassetti e sparpagliati sul pavimento provavano senza ombra di dubbio che i ragazzi non avevano preso bagagli con loro. Erano usciti per ritornare al massimo il giorno dopo.

Ruben Massei ricordava quel sopralluogo. I ritratti di Hitler e di Mussolini. La bandiera con la svastica inchiodata alla parete della cucina. Riviste e cataloghi, di armi e difesa personale, sul tavolo. Distintivi del Terzo Reich, comprati a Porta Portese, accumulati in un posacenere all'ingresso. Riviste pornografiche in bagno. Pochi libri. Sulla superiorità della razza ariana; sulla Marcia su Roma. Qualche fumetto. Numeri sparsi di *Azione Skinhead* con titoli all'altezza: «I fatti di Berlino? Una pacifica manifestazione di arianità!» oppure «Ormai all'Olocausto ci credono solo gli ebrei!» Una serie di dischi con i discorsi del Duce alla popolazione. Altri dischi di gruppi rock e metal dai nomi impronunciabili. Una televisione in bianco e nero da quattordici pollici senza abbonamento. Armi, niente. Droga, niente. Assorbenti interni nello stipo del bagno. Una scatola di profilattici nel cassetto del comodino. Apparecchio telefonico su una mensola a muro nel breve corridoio tra bagno e soggiorno. Pubblicità di ogni tipo, mai ritirata, all'interno della cassetta della posta, a nome Salvati Bonamici Ersilia, nell'ingresso buio del palazzo.

Ruben Massei ricordava il brivido alla schiena. Qualcosa di mai provato con tanta forza. Come un'angoscia che sorgesse dal nulla. Che ritornasse da un tempo remoto. Dal tempo dei tempi. E dicesse: «Ci risiamo». Era stato questo: ritornare. Ritornare alla faccia del nonno, quando chiudeva gli occhi. Senza rispondere. Avrebbe dovuto dire cose per spiegare le quali non gli sarebbe bastato quel mozzicone di vita che ancora gli restava. Era l'unico parente, l'unico parente vero che gli era rimasto, ed era morto tre giorni prima che lui compisse dieci anni. Quelli che lui aveva sempre chiamato genitori non erano i suoi veri genitori. Ma tant'era. L'avevano sempre trattato da figlio legittimo fin da quando se l'erano preso in carico, nel 1943, che non aveva ancora otto mesi di vita.

Chissà se qualcosa di quei primissimi mesi con la sua vera famiglia, con la sua vera madre, erano bastati a dargli l'imprinting, quell'angoscia untuosa che tornava fuori a tradimento. Quella stessa che si era fatta sentire nel piccolo appartamento alla Pineta Sacchetti. Quella stessa che lo invadeva, partendo dal ventre, di fronte a quei tre nomi scritti di fresco col pennarello su tre cartelle nuove.

Il nonno era ritornato, come lo spettro del padre di Amleto. Ed erano arrivati i racconti. Pochi per la verità. Ruben salvato dalla deportazione per la bontà di gente comune che l'aveva fatto passare per il loro ultimo nato. Ruben che non era stato circonciso perché l'assenza o la presenza di quel tratto di epidermide poteva significare morire o vivere. Ruben che non era mai entrato in una sinagoga.

Il cognome gli era stato restituito al secondo anno di elementari, quando si era cercato di mettere ordine nel suo personale, anagrafico caos. Quando sembrò giunto il momento di ritornare all'origine e si finse che fosse nato allora. Ma la sua vita era continuata come sempre, chiamando genitori le uniche persone che riconosceva come tali. Solo che aveva un nonno d'avanzo. Qualcuno che pur essendo tornato dal regno dei morti aspettava solo di morire.

– Ancora al lavoro? – La voce del commissario Centi lo colse di sorpresa.

– Cerco di fare un po' d'ordine, – rispose l'ispettore senza nemmeno voltarsi. – È tutto cosí confuso –. La frase era scaturita come un lamento. – Voglio seguire quel caso! – disse dopo una pausa lunghissima.

Il commissario Centi fece un mezzo giro intorno alla sua scrivania per guardarlo negli occhi. – Ha già troppo lavoro, – ritentò spostando lo sguardo verso le cartelle perfettamente allineate sul tavolo.

L'ispettore Massei strinse le labbra in un gesto d'assenso. – Ho intenzione di seguirlo comunque, di notte, durante le pause per il pranzo, durante le ferie, non so come, ma devo farlo! – rispose battendo un pugno sul piano della scrivania. Il posacenere, quello che Dio in persona aveva posizionato proprio al bordo sinistro del piano, andò a schiantarsi sul pavimento frantumandosi con uno scoppio sordo.

– Ha bisogno di riposo, vada a casa, adesso, ne discutiamo domani, dopo una bella dormita, – disse finalmente il dottor Centi, mentre Ruben Massei si affrettava a raccogliere le schegge di arcopal.

«Bene, un problema in meno», stava dicendo lui fra sé e sé. E cercava di centrare il cestino dei rifiuti con i pezzi piú grossi.

– Lasci stare! Tra poco arrivano per le pulizie, vada a dormire, – proruppe il commissario come se stesse dando un ordine ufficiale.

L'ispettore restò in piedi con il palmo della mano ancora colmo di schegge filiformi e acuminate, badando a non stringerlo per non ferirsi. – Devo farlo, – ripeté improvvisamente, come rasserenato. – Non trascurerò gli altri casi, – promise con tono infantile.

– Da dove ha intenzione di cominciare? – si arrese il commissario. In qualsiasi altra situazione sarebbe stato irremovibile, ma non con l'ispettore Massei che poteva essere suo padre.

– S'inizia dall'automobile dei ragazzi. È stata parcheggiata in zona lecita sullo spiazzo antistante un distributore di benzina. Molti usano regolarmente quel parcheggio, per questo c'è voluto tanto tempo prima d'individuarla. E si è trattato di un caso: qualche ladro ha sfasciato il finestrino laterale per vedere se c'era qualcosa da rubare. L'auto è rimasta per tre giorni in quello stato prima che qualcuno la segnalasse al 113, – s'infervorò l'ispettore. – Forse sono andati via con la macchina della donna scomparsa quello stesso giorno. Forse l'hanno obbligata ad aprire la villa e l'hanno uccisa, poi sono scappati con la sua macchina.

– No, – disse il commissario. – La macchina della donna è stata trovata in una cunetta alla fine del curvone prima della villa. Era uscita di strada, c'era sangue sul volante. Se c'è un collegamento tra la sua scomparsa e quella dei ragazzi, è possibile che siano stati loro a provocare l'incidente e che abbiano sottratto alla donna le chiavi della villa. Lei potrebbe essere morta in seguito all'impatto e i tre ragazzi l'hanno fatta sparire.

– E hanno lasciato la macchina in bella vista? Non ha senso –. L'ispettore Massei si era rimesso a sedere.

– Non ha senso, – concordò il commissario. – Sono entrati nella villa, hanno messo tutto a soqquadro senza prendere niente… c'erano cose che valevano milioni…

– Forse cercavano contanti o gioielli.

– Durante il sopralluogo abbiamo trovato settecentomila lire in una cassettina nella credenza e qualche collana in un cofanetto dello spogliatoio. Sí e no un milioncino. Nessuno li ha nemmeno cercati.

– Forse non volevano rubare, avevano altro per la mente, – concluse l'ispettore ripensando alla bandiera con la svastica inchiodata nella parete della cucina nel bilocale del Salvati.

– Bene, non volevano rubare niente, ma come sono andati via? A piedi?

– Hanno rubato una macchina!

– Perché, dico io, se avevano la loro?

– Perché nel garage della villa ce n'era una stratosferica, un modello introvabile, una Rolls, una Jaguar.

– Già, il garage della villa! – lo schernì il commissario fingendo sorpresa. – No, è escluso, nel garage c'era solo un tosaerba e non era un modello stratosferico.

– Forse il garage della villa era vuoto proprio perché la macchina l'hanno rubata i ragazzi.

– Secondo la deposizione del giardiniere, non c'erano macchine in garage.

– Forse il giardiniere mente.

– E perché mai avrebbe dovuto mentire?

– Perché, perché, se lo sapessimo non staremo qui a farci gli indovinelli! Chi si è occupato dell'atto vandalico?

– La Scientifica. Curcello, se n'è occupato Curcello.

Ruben Massei serrò gli occhi come se la stanza fosse invasa dal fumo: – Voglio vedere quella pratica. Sarà un disastro completo. L'ultima pratica di Curcello l'ho dovuta aprire con le pinzette. Aveva tutti i fogli unti di maionese.

– Ce l'ho qui! – disse il commissario battendo il palmo della mano sulla sua borsa. – Non c'è niente di piú di quello che le ho appena detto. E nessuna traccia di maionese.

L'ispettore Massei lo guardò con gratitudine. – Avete provato a scavare in giardino? – chiese.

1943 – settembre.

Luigi si adagiò nel giaciglio che aveva ricavato all'interno dell'ampia siepe. Da molto tempo, un anno almeno, veniva tutte le sere a guardare – non diceva spiare – la vita che si svolgeva oltre le finestre della villa. Come andare al cinema, senza pagare. Aveva visto una famiglia ricca, piú di quanto egli stesso potesse immaginare. Una famiglia che cenava tutte le sere, tanti ospiti che avevano l'aria di star veramente bene. Aveva visto un ragazzo della sua età, con abiti nuovi e scarpe lucide. Una bambina con meravigliosi boccoli scuri. E una donna, una madre snella che sembrava uscita, appunto, da un cartellone del cinematografo.

Da qualche mese le cose erano cambiate: le luci dell'ampia sala da pranzo non si erano piú accese e dalle fessure degli scuri, sempre accostati, s'intravvedevano volti spenti che rivelavano un dolore nuovo. Qualcosa che a Luigi parve incomprensibile, che aveva una tale potenza da ingrigire i capelli e incavare gli occhi.

Da qualche giorno piú nulla. Nessun segno di vita.

In paese dicevano che gli Ancona era fuggiti, che avevano abbandonato la grande villa immersa nel parco, che erano partiti per l'America.

Doveva trattarsi del fatto che erano ebrei. Luigi pronunciò questa parola nel silenzio dei suoi pensieri come se si trattasse di una parola troppo paurosa per essere pronunciata a voce alta.

Doveva trattarsi del fatto che erano diventati nemici, anche se Luigi non capiva come potesse essere accaduto. Sua madre aveva osato dire che nemmeno le bestie si trattavano a quel modo, e suo padre l'aveva zittita imponendole di non fare commenti sull'argomento.

Luigi aveva continuato ad andare alla villa tutte le sere, come sempre, e a sognare adagiato nella culla morbida all'interno della siepe. Provava una sensazione strana. Euforia, forse. O soddisfazione, sottile, per quelle privazioni che ora, solo ora, lo accomunavano agli abitanti della villa. Li immaginava poveri. Immaginava il ragazzo con le suole bucate, stufo della solita zuppa. Come lui. Immaginava i pidocchi fra i capelli ricci della bambina. Immaginava gli anni nel volto di quella donna. Come in quello di sua madre.

Luigi attese ancora. Un brivido gli corse per la schiena, settembre cominciava a rinfrescare le serate. Una brezza sottile smuoveva le foglie della siepe, sfiorando la cute della sua testa dalla quale erano stati rasati i capelli.

Si dicevano cose terribili sugli ebrei. Che si nutrissero di ostie consacrate e che rapissero i bambini cattolici. Ma Luigi non aveva mai visto che facessero queste cose, non i suoi ebrei.

La maggior parte degli ebrei fuggiva in America e pagava gli americani perché venissero in Italia a punire quelli che li avevano costretti ad andarsene, cosí la pensava il padre di Luigi. E diceva che i tedeschi erano piú forti, e che non gli avrebbero permesso di avanzare. Parlava sempre, il padre di Luigi: dell'esercito americano che era formato da ebrei e negri disposti a tutto per «farcela pagare»; del fatto che se fossero riusciti ad arrivare a Roma si sarebbero presi anche quel poco che non gli apparteneva. «Perché la guerra è come la vita, – affermava con aria saggia e per questo piú autorevole agli occhi del figlio, – chi vince si prende tutto!»

E cosí era, l'occasione era perfetta: avrebbe raggiunto i piani superiori e si sarebbe preso il tesoro.

Si diceva che i maschi erano piú facili da riconoscere senza sbagliarsi, perché bastava fargli calare i calzoni. Loro facevano l'operazione. E questo era vero, questo aveva potuto appurarlo: il padre e il ragazzo avevano subito l'operazione. Niente di tremendo, pensò Luigi, niente che sembrasse orrendo: solo non avevano la pelle. Automaticamente estrasse il pene dai calzoni, tirò il prepuzio scoprendosi completamente il glande. «Cosí», pensò, prendendo ad accarezzarsi alla luce incerta della luna settembrina.

3. Ecco un uomo...

Ecco un uomo che d'improvviso, senza che sia accaduto niente di particolare, si sente perduto. Ruben Massei assestò sul setto nasale il ponticello degli occhiali. L'unica cosa che pareva avere il potere di attrarlo in quel momento, a quell'ora, quando le persone normali sono davanti a un piatto fumante, era il pulviscolo che turbinava nel fascio di luce sparato dalla lampada sul piano del tavolo.

– Non è una cosa facile, ci vogliono elementi piú precisi. E con quelli che abbiamo il sostituto procuratore incaricato non ce lo fa nemmeno visitare, il giardino, se vogliamo chiamarlo in questo modo, – continuava il dottor Centi che si stava infervorando.

– Non si arrabbi, – si scusò l'ispettore Massei, tentando un sorriso conciliante, – ma non ho sentito una parola dell'ultima frase che ha detto. Stavo pensando una cosa...

Il commissario lo guardò con una punta di stizza: – Mi riferivo al fatto che è abbastanza generico chiamare «giardino» quello che circonda la villa, – chiarí un poco offeso.

– E come dovremmo chiamarlo?

– Parco dovremmo chiamarlo. Una roba che ci vuole mezza giornata per camminarci dentro. E poi c'è il problema del marito –. Il dottor Centi fece il misterioso.

– Quale problema? – lo implorò l'ispettore Massei, quando gli sembrò scaduto il tempo limite per la suspense.

– Quello che ci può far passare un mare di guai. Finora si è limitato al questore, ma Isacco Ancona è uno che arriva al Ministero degli Interni con una telefonata.

– E allora?

– E allora, a suo tempo, ci permise sí e no di mettere il naso dentro casa. Non gli possiamo neanche prospettare l'ipotesi che la moglie sia stata uccisa dagli stessi che hanno messo a soqquadro la villa. Perché lui non crede nemmeno che la moglie sia morta. Dice che si trova in giro da qualche parte e che la botta in testa le ha fatto perdere la memoria. Abbiamo cercato tra i barboni, nei campi nomadi, alla stazione. Inutilmente.

– Mi sembra un'ipotesi molto logica, – rifletté l'ispettore Massei.

– Ci si mette anche lei? – sbottò il commissario. – Lo so anch'io che è «un'ipotesi molto logica». I giovani potrebbero essersi limitati a entrare nella villa dal cancello, con le chiavi trovate nella macchina vuota sul ciglio della strada. Hanno fatto i loro comodi e sono andati via.

– Con l'autobus... – ghignò l'ispettore, – o a piedi, per fare un po' di moto.

– Avevano finito la benzina! – provò il commissario.

– Negativo, – si affrettò a dire l'ispettore. – Serbatoio mezzo pieno o mezzo vuoto, veda lei, comunque tanto da arrivare fino a Napoli.

– Resto dell'idea che hanno rubato una macchina.

– Resto dell'idea che non ne vedo la ragione.

– Dunque riassumiamo: non c'è una ragione per rubare una macchina, ma ce n'è una per uccidere e far sparire una donna che è padrona di una villa piena di cose di valore. Dove ci sono persino contanti e gioielli. Insomma, questi tre che lei ritiene capaci di uccidere non sono dei ladri. È cosí? Vogliamo forzare gli avvenimenti o attenerci ai fatti? I fatti dicono che è probabile che i tre ragazzi siano entrati nella villa, ma non che abbiano avuto a che fare con la sparizione di Luce Ancona. Controlli il fascicolo della Scientifica sul sopralluogo alla villa! Non sappiamo nemmeno con certezza se quei tre ci sono entrati veramente! È probabile, è persino logico pensarlo, specialmente dopo il ritrovamento della loro auto. Ma non è provato. Niente prove, ispettore, capisce? D'altro canto, secondo lei i tre sono responsabili della sparizione della donna. Le avrebbero sottratto le chiavi della villa. E una volta penetrati là dentro si guardano bene dal prendere qualunque cosa, si limitano a buttare all'aria i mobili e, nella peggiore delle ipotesi, a saltare sul letto. Non solo mancano le prove, manca una logica, ispettore.

– Logica? Perché, tutto quello che sta succedendo ha una logica? Io l'ho visto il covo di quei tre! Ho visto che cos'hanno appeso alle pareti, ho visto che cosa leggono! Non venga a parlarmi di logica! – si accalorò l'ispettore Massei. – Se io le dicessi due parole facili facili: odio razziale? Semplice, primitivo odio. Luce Ancona, ebrea. Francesco Salvati, Alessandro Cascione, Luana Melli, nazisti. Le pare un'equazione logica?

– Mi pare un'eventualità a cui non voglio nemmeno pensare –. Il commissario fece un passo indietro come se fosse stato investito da una scarica di mitra. – Lasciamo perdere, ispettore, non mi costringa a diffidarla, la comunità ebraica è una bomba a orologeria in questo momento.

– Se hanno rubato una macchina, come pensa lei, nessuno ne ha denunciato il furto, – continuò l'ispettore passando a un altro punto. – Non è una zona di delinquenti, quella. Se avessero preso una macchina l'avremmo saputo in tempo reale... Voglio occuparmi di questo caso, – implorò dopo una pausa lunghissima.

Il commissario abbassò le palpebre: – Al primo ritardo sul resto del lavoro, alla prima protesta, alla prima telefonata del questore, io la mando all'ufficio passaporti di Matera o la sospendo dal servizio a costo di farle rischiare la pensione. Ci siamo intesi? Quest'indagine è una sua iniziativa, personale, privata, la Costituzione glielo concede, ma io non ne so nulla né ho mai dato alcuna autorizzazione, è chiaro?

L'abitudine all'ordine. All'inizio era stata solo una necessità. Appartamento troppo piccolo per potersi permettere la pigrizia. Se non voleva dormire sulla poltrona, era necessario sgomberare la stanza per far posto al letto pieghevole. In seguito, non sapeva nemmeno dire quando con precisione, era diventata una fissazione. Sino al punto da non riuscire mai a rilassarsi. Sino alla nevrosi. Aveva preso l'abitudine di consumare i pasti sempre fuori casa, per evitare l'odore di cibo e i piatti sporchi. Anche le donne preferiva non portarle nel suo appartamento. Meglio una pensione. Meglio di pomeriggio.

La notte è fatta per dormire.

Ma non quella notte. Quella notte sembrava fatta apposta per pensare. Lasciandosi alle spalle via del Teatro Marcello, l'auto imboccò il ponte Palatino per immettersi in viale Trastevere. Con un'ansia crescente, Ruben Massei spinse il pedale dell'acceleratore per raggiungere via Carlo Porta.

A casa poteva liberarsi delle scarpe, constatare la desolante carenza di cibo del suo frigorifero, sentire che avrebbe pagato qualcuno perché gli aprisse il letto.

Si mise a sgranocchiare una mela e trangugiò del latte freddo direttamente dalla bottiglia di plastica. Accese la televisione, troppo grande per quell'ambiente.

«Non possiamo votare, durante la Pasqua abbiamo l'obbligo di astenerci da ogni attività! L'obbligo è riconosciuto dalla Costituzione Italiana. Se non ci permetteranno di votare ci appelleremo alla Corte Costituzionale...», stava dicendo dallo schermo il rabbino capo della comunità ebraica romana, Elio Toaff. Ruben Massei cambiò canale con un balzo verso il teleschermo che gli fece versare il latte sul pavimento. Una bestemmia andò formandosi nella sua gola, ma fu costretta, dalle labbra serrate per il disappunto, a esplodere nel cervello. Se la ripeté piú volte mentre recuperava uno straccio per pulire il latte versato, prima che s'infiltrasse tra le fessure delle mattonelle.

Guardò l'orologio, forse non era troppo tardi per telefonare. Con la cornetta in mano, tenendola a pochi centimetri dal viso, deglutiva a ogni squillo andato a vuoto.

La voce all'altro capo del filo non pareva quella di uno che stesse dormendo, ma era comunque allarmata.

– Sono io, – si limitò a dire l'ispettore dopo il «pronto».

– Ruben? – chiese la voce con stupore.

– È troppo tardi? Dormivi?

– No, lo sai che vado a letto molto tardi. Ma in effetti potrei aver cambiato abitudini, considerato che non ti sento, né ti vedo, da due anni.

– Lo so, lo so. Lasciamo perdere, ho bisogno di te. Sei sempre un pezzo grosso della comunità ebraica? – Per tutta risposta sentí solo un lungo sospiro. Poi silenzio. – Sei ancora lí? – chiese.

– Ci sono, – rispose l'altro con una punta di delusione. – Che cosa ti serve?

– Avevo bisogno di sapere qualcosa da te, ma se è troppo tardi rimandiamo.

– Non è un buon momento. Ma vai avanti, non sarà un buon momento neanche domani, con l'aria che tira...

– Lo so, ho visto la televisione.

– Sembra che una macchina del tempo ci abbia riportati al Trentotto.

– Ma no, vedrai che si trova un sistema. Volevo capire se potevi essermi d'aiuto a proposito di un caso. Ci sei?

– Sono qui, ti ascolto.

– Ecco, si tratta della scomparsa di una certa Ancona...

– Luce Ancona, nome da sposata. Si chiama Rosenzweig, origine tedesca. La conoscevo.

– Conosci anche il marito?

– Poco, non è molto assiduo della comunità. Isacco Ancona è un pezzo da novanta: vivai.

– Scusa? Parla un po' piú forte.

– Vivai, fiori e piante. Miliardi di patrimonio.

– Mmh.

– Unico superstite di un'intera famiglia. Madre, padre e una sorella massacrati nel '43, poco prima che arrivassero gli americani...

1943 – settembre.

– Ma quando torniamo a casa? – piagnucolò la piccola Rachele.

Non ebbe risposta, non subito. Sara e Livio Ancona stavano cercando di ravvivare quattro sacchi di paglia che erano serviti da letti. Isacco, il figlio adolescente, ultimo ospite della cantina, era stato incaricato di recuperare delle candele e svolgeva il suo compito con grande senso di responsabilità.

La bambina continuò a lamentarsi. – Quando usciamo di qui? Non mi piace questo posto. Perché non saliamo a casa nostra? Voglio dormire nella mia camera. Voglio la mia bambola!

– Voglio la mia bambola! – ricominciò Rachele. Il suo lamento era diventato disperazione.

Livio Ancona la prese fra le braccia. – Devi avere pazienza, – disse cercando di controllare il tremore della voce. – Devi avere pazienza, tra un poco potremo uscire da qui, ma non ora, non possiamo rischiare che ci prendano proprio adesso.

Per un motivo incomprensibile, queste parole sembrarono calmare la bambina che, smettendo di piangere, affondò il viso tra la spalla e il collo del padre.

Sara aveva finito di preparare i letti e ne occupava uno con finto entusiasmo chiamando a sé la figlia.

La bambina le andò incontro riprendendo a piangere. – È il suo compleanno, domani è il suo compleanno!

Si riferiva alla bambola...

Nella cantina era calato il silenzio. Rachele si era addormentata fra le braccia della madre. Livio tentava di mantenere accesa la pipa nonostante la sonnolenza. Isacco, al lume di un mozzicone di candela, compilava il suo quaderno delle citazioni bibliche. La penna segnava linee tremolanti. La mano sembrava mossa da una corrente del tutto autonoma dalla testa. La mano d'Isacco scriveva, il fiato divino si trasformava in Segno. La testa di Isacco si stordiva di pensieri.

Poteva farlo.

Poteva salire alla villa attraverso il cunicolo delle botti, quando tutti si fossero addormentati, trascinandosi fino alla serra e infilandosi nella porta della cucina sul retro.

Quel passaggio era un segreto tutto suo, l'aveva scoperto durante le sue esplorazioni in tempi felici.

Avrebbe recuperato la bambola e la vita sarebbe sembrata meno crudele. E sarebbe stata una piccola vittoria contro quelle lacrime, contro quella tristezza.

Un pensiero talmente aggressivo che bloccò la mano a metà della citazione che stava scrivendo. Guardò la pagina e quella frase monca. Poi richiuse il suo quaderno.

Tentando di non far rumore, si accostò alla parete sentendo sulle spalle l'umidità spugnosa del muro, che sfiorò con le mani fino ad avvertire la botte. Un'apertura rotonda come un oblò, non piú alta di un metro e venti. L'aveva chiamata «la botte» perché di questo si trattava in apparenza, in tutto identica alle altre in fila nella parete della stanza attigua. Con uno scatto la porticina si aprí e Isacco s'infilò in un tunnel a elle che finiva in uno sfiatatoio, una galleria verticale munita di scalini di ferro che portavano a una grata all'interno della serra.

Emerse dal sottosuolo respirando l'aria viziata delle piante marcite. L'incuria aveva frantumato i vetri della serra. La pioggia abbondante aveva colmato il vascone d'irrigazione, la cui acqua era diventata fangosa e stagnante.

Tuttavia Isacco si sentí tornare alla vita accogliendo nei polmoni il sapore untuoso di quell'atmosfera.

Strisciando sul tavolato si spinse fino alla porta della serra e poté bearsi della freschezza notturna. L'ossigeno gli fece girare la testa e si sentí barcollare mentre si alzava in piedi per raggiungere l'ingresso di servizio della villa, protetto dalle siepi e dall'oscurità. Veramente non sapeva neanche lui perché prendesse tutte quelle precauzioni: si sentí ridicolo. Qualcosa d'innaturale e doloroso che non aveva niente a che vedere con l'allegria gli squassava la cassa toracica e lo stomaco.

Il boato si udí a quel punto. Senza preavviso.

E un bagliore repentino, che illuminò ogni cosa.

Luigi fu sbalzato fuori dal suo sogno umido. Con la mano ancora imbrattata di sperma scattò in piedi voltandosi verso il paese in fiamme. Dal suo punto di osservazione le poche case a valle sembravano ceppi incandescenti di un immenso falò. Ebbe un attimo d'incertezza, ripose il pene dentro ai calzoni. Si trattò di qualche secondo, ma credette di vedere qualcuno. Un'ombra che sgusciava all'interno della villa. Un fantasma tradito dalla fioca luminosità regalata dagli incendi giú al paese.

Solo dopo ebbe la certezza di averlo visto.

E capí di averlo visto in faccia, cogliendo l'ansia febbrile che gli aveva stravolto la bocca in un sorriso. «Non si sono mai mossi, – pensò Luigi, – non hanno mai lasciato la villa, e ora gli americani sono venuti a prenderli».

4. Non c'era piú pena...

Non c'era piú pena nella voce all'altro capo del filo. – ... Si erano barricati in cantina. Una spiata, forse, qualcuno che li aveva visti. Qualcuno della servitú che conosceva la stanza murata. Chi può saperlo ormai? Isacco Ancona aveva tredici anni, aveva appena celebrato il suo *bar mitzvah*...

– ...Che aveva celebrato?

La voce di Daniele Foa s'incrinò leggermente. – Era appena entrato nel mondo degli adulti, – spiegò sbrigativamente. – Insomma, si salvò Dio sa come. Gli altri, il padre, la madre, la sorellina, non ce l'hanno fatta. Colti all'improvviso, probabilmente... Ma tutte queste cose le ho già dette al tuo collega.

– Al mio collega?

– Certo, a quello che si occupava dell'indagine, quando scomparve la signora Ancona, a settembre o giú di lí.

– Curcello?

– Non ricordo come si chiamava, ma gli raccontai quello che sapevo, proprio come ho fatto con te. E adesso che succede?

– Non so che succede, le indagini sono praticamente all'inizio.

– Intendevo chiederti se passeranno altri due anni prima che ti risenta.

– Ma no, è che non ho orari, vedi a che ora ti disturbo?

34

– Stai tranquillo, ho perso le speranze di vederti in comunità.

– È che io non voglio pensare a questo, lasciamo tutto come sta, va bene?

– Allora... Buonanotte, Ruben.

– Buonanotte.

Il rapporto stilato dall'ispettore Curcello sul caso Luce Ancona si riassumeva in due fogli dattiloscritti. Riportati fedelmente nella banca dati alla centrale, brillavano per inconsistenza. Secondo quel rapporto non era possibile stabilire se la donna fosse entrata, di sua spontanea volontà o meno, all'interno della villa. Le uniche tracce della sua presenza si limitavano all'abitacolo dell'automobile, trovata aperta sul ciglio del curvone: macchie di sangue sul volante e sue impronte dappertutto. Nessun'altra impronta che non appartenesse ai suoi familiari. All'interno della villa niente di niente. Chi aveva sfasciato tutto, chi aveva messo a soqquadro la stanza da letto al piano superiore, aveva usato i guanti. Nemmeno una goccia di sangue appartenente alla donna, nella villa: la qual cosa faceva supporre che non ci fosse nemmeno entrata. Ergo il rapporto si concludeva con un'ipotesi di scomparsa, in cui si metteva in dubbio persino che Luce Ancona fosse morta. Ergo il sopralluogo nel parco fu giudicato inutile, non essendo accertabile alcun contatto, se non la data di accadimento, fra la scomparsa della donna e l'atto vandalico ai danni della sua casa.

Dalle trascrizioni delle dichiarazioni rilasciate dal marito dell'Ancona, Isacco, e dall'unica figlia Noemi, non risultarono elementi utili.

Secondo le dichiarazioni di entrambi, Luce Ancona aveva deciso quel giorno stesso, e avvertendo solo all'ultimo momento, di recarsi alla villa. Per riposarsi, aveva detto.

Alla richiesta di definire i suoi rapporti con la moglie, Isacco Ancona aveva risposto che erano perfetti sotto tutti i punti di vista. La figlia aveva confermato. Alla domanda se la moglie stesse attraversando uno stato depressivo, Isacco Ancona aveva risposto che lo escludeva assolutamente. Aveva detto che la moglie era costantemente impegnata, all'interno della comunità ebraica, in opere di beneficenza e attività confessionali. La figlia aveva confermato.

Gli fu persino chiesto di formulare un'ipotesi sull'accaduto. Isacco Ancona disse che la moglie non era morta, disse che vagava da qualche parte priva di memoria, disse che bisognava cercarla. La figlia, a questo proposito, non disse niente.

Cosí il caso poteva essere inserito nel CED alla voce RR: persone scomparse, e archiviato.

– Ancora con questa storia! – sbottò il commissario Centi.

– Se troviamo la donna, troviamo anche i ragazzi, – sentenziò Ruben Massei accomodandosi di fronte al suo superiore. – Ho controllato la pratica stilata da Curcello: non c'è alcun accenno a impronte, o tracce, sul vialetto che conduce alla villa. Qualcuno se n'è occupato? Non si capisce chi ha fatto i rilevamenti, chi ha selezionato le impronte. Si capisce solo che due serie di queste sono senza un padrone. Commissario, questo è un rapporto «lavato»: tutto logico e quadrato. Niente ricerche nel parco, una scorsa veloce ai danni, impronte cosí e cosí...

– Va bene, possiamo confrontare le impronte trovate nell'auto dei ragazzi con quelle non identificate trovate alla villa, ma questo cosa confermerebbe? Quello che già presumiamo: che sono i vandali che stiamo cercando. Che sono entrati nella villa solo per distruggere. È questa la sua ipotesi, no?

– Certo, ma nel rapporto c'è scritto chiaro e tondo che impronte non accertabili non ne sono state trovate, e lo si ribadisce: si dice che tutte le impronte trovate alla villa sono state accertate nei due giorni successivi al sopralluogo. Poi nello schema riassuntivo ecco che spuntano due serie di impronte senza padroni. Come la mettiamo?

– Eh, – arrancò il commissario, – la mettiamo come prima: che se i ragazzi sono i vandali che stiamo cercando, hanno usato i guanti.

– Certo, ma le impronte non identificate?

– Dunque, mi faccia pensare: il personale di servizio, il giardiniere. No. Confronti già fatti.

– Appunto. Le impronte non identificate rimangono ancora lí.

– Cristo, Massei! Quando la prende in questo modo mi fa andare in bestia! Ospiti! Va bene? Visitatori occasionali: ci dobbiamo mettere a rilevare le impronte di tutti i frequentatori della villa? È una villa colossale, si saranno fatte decine di feste con centinaia di persone. Due serie d'impronte di sconosciuti mi sembrano francamente una percentuale molto bassa!

– Almeno uno dei ragazzi era schedato. Francesco Salvati era schedato, – specificò. – Perché non è stato fatto un confronto da subito? Cosí, per togliersi il pensiero.

– Perché non sapevamo nemmeno che esistessero i tre giovani! Né che ci fosse la loro macchina parcheggiata poco distante.

– Comunque quel confronto non sarebbe stato fatto lo stesso. Perché quel fascista di Curcello si è divertito da matti! E ha capito subito di che genere di «vandali» si trattava.

– Attento a quello che dice, ispettore! Fare affermazioni del genere può costarle la carriera. Io, per quanto mi riguarda, non ho sentito niente.

– Tutt'al piú mi può costare la pensione, a questo punto. Comunque voglio parlare con Curcello. Sono quattro giorni che lo chiamo a casa, si è messo in malattia, si fa negare, commissario.

Uscendo dalla stanza del dottor Centi, Ruben Massei badò a chiudere la porta senza sbatterla. Aveva torto a prendersela in quel modo. Questa riflessione lo metteva in difficoltà. Cosí finiva per aver torto su tutti i fronti. Innanzitutto era troppo nervoso. E non gli piaceva sentirsi costretto a riflettere su questioni che non voleva considerare. Curcello lo conoscevano tutti. Non aveva mai fatto misteri sulle sue simpatie di destra. Ma non per questo si doveva dubitare del suo lavoro.

La verità era una sola: era che questo caso aveva provocato una rivoluzione nel suo mondo ordinato. Ma se l'era voluto lui, quel caos, se l'era voluto lui soltanto. Sorrise pensando che, in fondo, nonostante tutto, era rimasto un ebreo. Per quella dipendenza che sentiva da qualcosa di troppo superiore, addirittura infallibile. Per quella serie di doveri a cui si era costantemente uniformato. A cui aveva uniformato tutta la sua esistenza.

Era troppo nervoso per rimanere in ufficio.

La giornata scappò via in automobile, con i pneumatici che inghiottivano strade e quartieri cittadini. Senza dirigersi da nessuna parte, continuò a guidare mosso da un'inquietudine che poteva anche definirsi paura.

Finse ancora per un poco di guidare a caso, poi le svastiche, disegnate con la bomboletta spray sui muri dei palazzi, chiarirono che era giunto a destinazione. Una scritta, SPORCHI GIUDEI, campeggiava sul muro di cinta di una caserma: enorme, con lettere alte due metri. Abbassò completamente il finestrino dell'auto. Inspirò profondamente, quasi a tirarsi dentro parte di quell'aria che percepiva come soffocante. Non c'era niente che potesse fare in quel posto. Ma rallentò, per non dar retta alla sua testa che lo implorava di scappare. Scappare da quel tramonto che si era fatto improvvisamente plumbeo. Da quella prospettiva che rendeva tutto piú difficile, piú angosciante. Finché l'aria si fece irrespirabile. Finché il timore di trovarsi in un altrove pericoloso, triste, non lo fece decidere a tornare verso casa.

Il cuore cessò di tormentargli la gola solo all'altezza di via del Corso. Si diresse verso la stazione Termini.

La pensione aveva il solito odore di varechina. A vederla bene, illuminata dalla lampada sul comodino, la donna doveva avere una trentina d'anni. Gli era sembrata piú giovane. Ma non era importante, non ora che tutto il suo corpo era riposo. Allungò il braccio per toccarle una spalla.

La donna socchiuse le palpebre azzurre. – Se lo vogliamo rifare c'è un extra, – annunciò preparandosi. Nella sua voce c'era qualcosa di professionale e rassicurante insieme.

Ruben sorrise grattandosi il petto. – No, – disse. – È tardi, devo tornare a casa.

La donna sbuffò un poco risentita. – Credevo di aver finito per oggi, – disse con disappunto mettendosi a sedere sul letto. – Erano solo altre cinquantamila. Non ho voglia di ritornare là fuori, – aggiunse infilandosi la magliettina di lamé. Si ravvivò i capelli. Poi, con la mano dalle unghie smaltate di rosso cupo, percorse il torace di lui scendendo fino all'inguine. – Solo cinquantamila, – ritentò vellicandogli il pube, – e ci facciamo tutta la notte.

Con una presa rapida Ruben fermò la mano di lei prima che i suoi argomenti diventassero troppo convincenti. – Non posso, stanotte, – disse scostandosi le lenzuola di dosso con la mano libera. – Devo tornare a casa.

– Sposato? – chiese lei esaminando la stanza per individuare la porta del bagno.

Ruben accennò di no. – Devo tornare, – ripeté cercando a tastoni il portafoglio sul comodino. – Ma tu puoi restare a riposare. Cinquantamila, hai detto?

Alle due di notte quella parte di Roma era bellissima. Una parvenza di compostezza che incuteva rispetto. Anche se il silenzio non si accordava con quelle strade, e faceva sembrare tutto piú morto. Faceva sentire il ribollire della vita nelle viscere.

Qualche passante ancora. Colleghi di pattuglia. Macchine che sfrecciavano nei viali deserti, in quel silenzio totale, brevissimo, che dura lo spazio di un'ora o due al massimo. In quel deserto occasionale tutto poteva cambiare di senso. Anche i pensieri di Ruben si fecero piú lievi. Imboccando la strada di casa, sentí il suo petto diventare leggero. E fu invaso da una specie di euforia. Aveva comprato dei cioccolatini nel bar della stazione. Avrebbe aperto il suo letto. Si sarebbe infilato sotto il getto caldo della doccia. Avrebbe mangiato cioccolatini guardando un film in bianco e nero alla televisione.

Poi anche l'euforia si spense, come ingoiata dal silenzio. E quel silenzio palpitava ora di un respirare intermittente e profondo. E quel respirare si diffondeva all'interno della sua macchina. Come venisse da una persona seduta al suo fianco, sul sedile del passeggero. Volse lo sguardo, con un gesto automatico e repentino del collo, sorridendo di se stesso. Prendendosi in giro. E vide il foglio.

Lo sconcerto costrinse il suo piede a premere sul pedale del freno, bloccando l'auto in mezzo alla strada. Senza guardare Ruben allungò la mano sul sedile vuoto, finché non sentí sui polpastrelli la consistenza del foglio di carta. Serrò le palpebre per passare altrove. Per far cessare quella sensazione di stupore e orrore. Con la coda dell'occhio colse una scritta, qualcosa di molto vicino alla calligrafia di un bambino, vergata con incertezza sul foglio.

Ma non la lesse, finché non si fu chiuso la porta di casa alle spalle. Quando il piacere di quel ritorno si era ormai trasformato in un caos indistinto di pulsazioni. Quando era chiaro che niente di ciò che aveva previsto sarebbe accaduto.

Ruben non si sfilò il soprabito. Corse al tavolo, per liberarsi di quel foglio, come se gli scottasse in mano.

Provò a disannebbiare la vista finché le lettere non cominciarono a prendere senso.

Lo sheol, al di sotto, si commuove per te, aspettando il tuo arrivo; egli risveglia per te le ombre...

La mattina dopo, di buon'ora, era già in ufficio. Le profonde occhiaie che gli segnavano il viso erano un proclama della notte passata insonne. Ruben si muoveva con gesti febbrili come se, a riflettere, a misurare i tempi, potesse perdere qualcosa di fondamentale. Era irritabile. Attese battendo ritmicamente il piede che la macchina fotocopiatrice segnalasse che era pronta. Dopo un secolo fu pronta. Ruben appoggiò il foglio al vetro tenendolo pressato con la mano, come se temesse che sparisse, e premette il tasto. La luce opalescente del flash l'accecò per un istante. Diede uno sguardo sommario alla copia per vedere che fosse leggibile, poi, con gesti nervosi, la piegò in quattro e la mise nella tasca della giacca. Con l'originale si avviò verso lo scalone che doveva condurlo al piano della Sezione Scientifica.

1943 – settembre.

Cosí li aveva uccisi. Li aveva falciati con la mitraglietta, sorprendendoli appena usciti dalla cantina. Li avrebbe portati sino alla buca. C'era un motivo. Ma non aveva il dovere di spiegarlo. Non ora che c'erano da trasportare quattro corpi a trecento metri di distanza. Nella buca. Proprio dove si era formata la voragine, per lo scoppio, forse una grossa scheggia di bomba che aveva aperto il terreno. Forse la buona stella.

Quello che sembrava il piú giovane era il piú pesante. Ma lo trascinò con relativa facilità afferrandolo per le caviglie e facendolo scivolare sulla ghiaia e sul prato fino al bordo slabbrato della buca. Poi fu necessario dargli un colpo col piede, per mandarlo verso il fondo. Cadde riverso con un rumore di terra morbida. Il secondo, gli costò qualche sforzo in piú. La stanchezza. E quando raggiunse quell'altro nella buca sembrò avere un sussulto. Il terzo e il quarto furono i piú semplici: erano magri. Raggiunsero gli altri con una specie di abbraccio inerme. Bisognava stiparli a colpi di pala, perché gli ultimi arrivati si erano impilati troppo a filo col bordo della buca. Poi non restava che riempirla di terra.

42

Col respiro mozzato cadde a sedere proprio al centro della circonferenza della voragine, che ora era solo una superficie ovale di terra piú scura appianata a colpi di vanga. Stette a riflettere asciugandosi il sudore che gli colava dal mento col dorso delle mani imbrattate di terriccio. Solo allora gli venne in mente il ragazzo. L'aveva lasciato nella vasca all'interno della serra. Fulminato per ultimo, quando credeva di essersi messo in salvo. Vittima di un progetto talmente inconfessato da risultare sorprendente. Vittima di un gesto, prima eseguito, poi pensato.

Doveva sparire anche lui. Una buca per un ragazzo di quindici anni era cosa di poco conto ormai. Lo recuperò dalla vasca che si era colorata di un rosso cupo. Afferrandolo per le ascelle se lo appoggiò al petto per tirarlo fuori di peso. Lo sistemò dietro al cespuglio d'ortensie mentre scavava la fossa.

Ora aveva qualcosa di veramente importante da fare. Aveva un tesoro da recuperare. Aveva un'identità da recuperare.

Con cautela si arrampicò sullo scalone che conduceva ai piani superiori. Si avviò sicuro verso quella che era stata la camera da letto padronale. Tante volte aveva visto i suoi occupanti muoversi lí dentro, prima dal basso del suo nascondiglio, come ombre in controluce, poi come figure ben distinte, salendo sul noce che allungava i suoi rami fino a qualche metro dalle finestre. Aveva fatto anche questo.

Dall'interno la stanza sembrava piú grande e, a guardarla dalla porta, si sentí disorientato; girò su se stesso, con la finestra alle spalle, per ritrovare la visuale consueta, e si diresse sicuro verso il camino. La cornice di marmo sembrava intatta, cominciò a tastarla, quasi ad accarezzarla, poi fece quel gesto preciso col palmo della mano che aveva visto fare tante volte. A quella spinta, il rosone scolpito del pannello sinistro cedette, mostrando uno stretto abitacolo e una cassetta metallica. Lo scrigno non era chiuso a chiave. Accarezzò i gioielli e le monete antiche; lesse i documenti e i certificati di depositi bancari in Svizzera: quelli erano importanti. Prese la cassetta, dove aveva lasciato i gioielli, le monete e la valuta contante, la trasportò fino al cespuglio di ortensie, la dispose accanto al corpo del ragazzo già sistemato nella nuova fossa, e, con calma, cominciò a riempirla.

5. C'era riuscito...

C'era riuscito. Era arrivato davanti alla sinagoga, ma non ne aveva ancora varcato la soglia. Non si era mosso dal posto di guida. Sperava di trovare una ragione, ma che fosse inoppugnabile, per non entrarci. Cosí era rimasto a guardare i pochi fedeli che attraversavano il cancello e sparivano oltre il vestibolo dell'edificio di un rosso cupo. Quando il sangue cessò di scorrergli nelle braccia e le mani cominciarono a gelarsi, capí che stava stringendo con troppa foga il volante. Con uno scatto sfilò le chiavi dal quadro e spalancò lo sportello. Ora ondate di tramontana gli ferivano il viso. A capo chino superò la cancellata. A falcate nervose consumò la gradinata che conduceva al tempio. Una volta al suo interno, il silenzio lo colse alla sprovvista, tanto piú sorprendente per quel suo opporsi, passivamente, con il suo solo esistere, al rumore dell'esterno, che le orecchie di Ruben non avevano percepito. Ma c'era. Era chiaro che, se quello era il silenzio, fuori dal portale doveva esserci un trambusto insopportabile. Si guardò intorno. L'ambiente non era molto diverso da come se lo aspettava. Solo un po' piú piccolo. Tenendosi oltre la balaustra, diede un'occhiata alle targhette di ottone che contrassegnavano i banchi. Fu allora che si sentí toccare. Uno scatto di riflesso lo fece turbinare di centottanta gradi.

45

Il giovanotto, uno spilungone con pesanti occhiali da vista, fece un balzo indietro, allungando uno zucchetto di stoffa. – La *kippah*! – disse come a scusarsi per averlo spaventato.

Ruben afferrò il copricapo e se lo sistemò sulla nuca. – Daniele Foa, – chiese. – Mi ha chiesto di attenderlo al suo banco.

Il giovanotto aveva riacquistato sicurezza. – È dall'altro lato, – spiegò facendo un mezzo giro con l'indice della mano destra.

Superata la balaustra che circondava la zona dei fedeli dal corridoio perimetrale, si avviò nel punto indicato. Trovò il banco, si sedette nell'estremità rivolta all'esterno. Davanti a lui una targhetta diceva: LEONE FOA. Daniele arrivò da uno stretto corridoio che affiancava una sorta di pulpito al vertice dello spazio dei fedeli. Aveva il sorriso benevolo che un padre rivolge a un figlio scapestrato. Soprattutto perché è scapestrato.

– Aspetta a uccidere il vitello grasso! – lo attaccò Ruben appena l'altro si fu seduto al suo fianco.

Daniele non replicò. – Mi fa un effetto vederti qua dentro, – si limitò a commentare senza riuscire a impedirsi di continuare a sorridere. – Non ho chiuso occhio tutta la notte, dopo la tua telefonata. Due telefonate in due giorni...

– In due notti, – lo corresse Ruben, senza guardarlo.

– È incredibile, ma ti trovo in gran forma.

– Faccio molto movimento.

– Chi lo direbbe che hai cinquant'anni.

– Cinquantuno, – lo ricorresse Ruben, senza guardarlo. Si tastò la tasca della giacca per cercare la fotocopia. Gliela porse appoggiandola sul banco davanti a lui.

Daniele Foa le diede uno sguardo veloce. – Isaia, – sentenziò. – È un versetto biblico. Quasi un versetto, – si corresse.

– Fin qui c'ero arrivato, – bofonchiò Ruben. – Voglio sapere che cosa significa.

Daniele tentò una risatina che uscí come un singulto. – È una preghiera per la morte del re di Babilonia. Il profeta immagina il regno dei morti che gli rende omaggio... Ma non è quello che vuoi sapere –. S'interruppe vedendo che Ruben dava segni d'insofferenza.

– Non esattamente, – ammise lui. – Qualcuno mi ha lasciato questo messaggio in macchina l'altra notte. L'ha fatto scivolare attraverso una fessura del finestrino. Dicevi che non si tratta di un versetto intero...

– Infatti, – disse cominciando a leggere dalla fotocopia. – «Lo sheol, al di sotto, si commuove per te, aspettando il tuo arrivo; egli risveglia per te le ombre...» Da qui vado a memoria, – avvertí, – «... di tutti i monarchi della terra, fa alzare dai loro troni tutti i re delle popolazioni». Ecco, credo che vada avanti cosí.

– Lo sapevo, – esclamò Ruben, senza riuscire a nascondere un moto di ammirazione. – Lo sapevo che l'unica possibilità era venire da te: avrei passato almeno una settimana a cercare di capire da dov'era stato tratto il versetto. Pensi che possa avere un significato il fatto che la frase sia stata tagliata in quel punto preciso?

– È difficile a dirsi. Dipende da te.

– Giochiamo al rabbino con l'allievo?

– Voglio dire che potrebbe essere stato spezzato per non confonderti. Questo capitolo del libro di Isaia è sarcastico, una presa in giro a un potente che si credeva immortale. Ma chiunque sia stato a mandarti questo messaggio non intendeva che tu lo prendessi alla lettera, non nel senso biblico. Mi spiego?

– Non sono sicuro di avere afferrato. Secondo te non devo prenderlo come un avvertimento?

– Al contrario. Credo che tu debba prendere alla lettera il messaggio, ma fuori dal suo contesto. Certo che è strano: piú che un avvertimento, messa in questo modo, sembra un incoraggiamento. Un'offerta d'aiuto.

– Un'offerta d'aiuto, – ripeté Ruben con un filo di voce. – Hai parlato con qualcuno delle indagini che sto svolgendo o è una tua idea?

Daniele fece l'offeso. – Se avessi voluto darti un incoraggiamento l'avrei fatto direttamente, senza scomodare la Bibbia. Ma se proprio t'interessa, non me la sentirei nemmeno d'incoraggiarti, non è un buon periodo, questo. Anzi, se fossi in te lascerei perdere. Meno siamo sulla bocca della gente meglio è. Voglio farti vedere una cosa, – disse estraendo un plico dalla sua ventiquattr'ore. – Sono i risultati di un'inchiesta svolta in Germania il mese scorso. Mi sono appena arrivati dal Centro Studi Ebraici di Lubecca. Il 39% dei tedeschi pensa che gli ebrei sfruttino la memoria dell'Olocausto. Il 22% non li vorrebbe come vicini di casa. Il 31% è convinto che esercitino troppo potere sugli eventi del mondo. Il 28% disapproverebbe la scelta di un ebreo come candidato alla presidenza.

– L'Italia non è la Germania, – alzò la voce Ruben per paura che continuasse.

Ma Daniele stava già riponendo i suoi fogli nella valigetta. – Lo dicevamo anche prima del Trentotto.

Seguí qualche secondo di silenzio. – Stanotte ti ho sognato, – disse Ruben per rompere l'imbarazzo. La sua voce era divenuta piú calda. – Ho sognato che ti stavo sulle gi-

48

nocchia. Ho sognato che per quanto mi vedessi come sono ora, un uomo maturo, intendo, tuttavia mi sentivo un neonato, sulle tue ginocchia. Mi chiedo che cosa voglia dire.

– Vuol dire che dovrò farti da *sandek*, – disse Daniele con entusiasmo. I suoi occhi si erano velati di lacrime.

– Da che? – chiese Ruben.

– Da padrino... per la circoncisione, – rispose l'altro afferrandogli la mano.

1945 – ottobre.

Era un uomo. Negli abiti laceri c'era il corpo di un uomo. Dagli scarponi sfondati spuntavano quei piedi che l'avevano riportato a casa.

Qualcuno cominciava a ricostruire con materiali di recupero, spesso usando le stesse macerie. La vita sembrava aver voglia di proseguire assieme a quei volenterosi che, dalle colline e dalle montagne circostanti, ritornavano a valle verso ciò che era restato delle loro abitazioni.

Luigi si guardò intorno. Qualcuno aveva rimosso le macerie della sua casa e aveva seppellito i suoi morti.

Risalí verso la villa. Il cancello era stato divelto e quello che un tempo poteva definirsi un parco ora era solamente un terreno in preda agli sterpi.

Gli sfollati avevano fatto scempio dell'interno. Materassi e pagliericci erano sparsi un po' ovunque. L'odore d'escrementi riempiva l'aria. I vecchi e massicci mobili erano diventati ceppi da ardere e giacevano inceneriti nei caminetti. Quel che restava del lampadario di cristallo della sala grande tintinnava timidamente per la corrente che penetrava dalle finestre sfondate.

Luigi diede solo uno sguardo fuggevole verso la porta che conduceva alla cantina.

Distrutto dalla fatica si distese in uno dei materassi lasciati a marcire nel salone. La fortuna l'aveva aiutato, la fortuna aveva aiutato proprio lui: la stanza murata non era stata scoperta dagli sfollati, che pure avevano saccheggiato ogni oggetto utile della cantina. E tutto era stato fatto, tutto era tornato in ordine. Si adagiò sorridendo e non pensò di andare a casa, perché quella era diventata la sua casa. Lo sarebbe diventata... Come stabilito quando aveva ucciso i quattro fascisti sbandati ancora eccitati per la carneficina...

Spalancò le palpebre. Per quanto tempo aveva dormito? La stanza era avvolta dall'oscurità. Meglio, meglio cosí. Sarebbe stato piú semplice fare quello che stava per fare.

Il mozzicone di candela si accese a malapena, non aveva molto tempo. Si mise in ginocchio, sciolse il nodo della corda che gli teneva su i pantaloni laceri. La lama del suo coltello fu ben presto incandescente. Luigi la tenne ancora sulla fiamma fino a che non divenne rossa. Era pronto. Finalmente abbassò l'arma. Deglutí, era invaso da una emozione strana, vicina all'eccitazione erotica. Forse perché il suo pene cominciava a percepire il calore della lama. Con uno scatto verso il basso calò il fendente. La pelle del prepuzio, tenuta tesa e distante dal glande, cedette con un crepitio.

6. Sembrava già notte...

Sembrava già notte. Ruben diede uno sguardo al suo orologio da polso senza staccare le mani dal volante. Non c'era troppa strada da fare. Poteva cominciare a cercare un parcheggio. Lasciò la macchina davanti a un passo carraio. NON SOSTARE NEANCHE DI NOTTE, implorava una scritta fatta a pennello sulla saracinesca. Ruben diede ancora una sbirciata all'orologio: le tre di pomeriggio. Sembrava già notte, e invece stava solo per diluviare.

Le prime gocce, pesanti e rumorose, lo sorpresero davanti a un edificio modesto. Tentando di ripararsi nello stretto spazio offerto dallo stipite, l'ispettore Massei aderí con tutto il corpo alle sbarre di alluminio del portone. Un solo Curcello fra due file di cognomi: Curcello Assunta, secondo piano. Premette sul pulsante attendendo un segno di vita con l'orecchio attaccato alla grata del citofono. La donna rispose con voce tremula dopo un tempo interminabile. Viveva con la madre, il maiale.

– Sono un collega di Carmelo, – disse. – Ero di servizio da queste parti e ho pensato di salire a trovarlo, per vedere come sta.

Lo scatto del portone non si fece attendere. Ruben sentí la vecchia dire qualcosa al citofono mentre guadagnava le scale per raggiungere il secondo piano. Arrivato al pianerottolo, l'atmosfera era cambiata. Oltre la porta d'ingres-

51

so si sentiva un trambusto nervoso. Ruben riuscí a percepire il tono cavernoso della voce di Curcello e il pigolare lamentoso della vecchia. Il maiale non aspettava visite. Premette sul pulsante al centro della porta, con vigore. Il trillo interruppe ogni vocio. Si sentí lo scivolare metallico del bulbo della catenella.

Dalla fessura, non piú larga di venti centimetri, spuntò il viso di Curcello. Non si era fatto la barba. – Che cosa vuoi? – chiese visibilmente alterato.

Ruben tentò un sorriso, ma gli costava troppa fatica. – Volevo sapere come stai, – disse guardandolo negli occhi. Dall'appartamento si sprigionava un odore di frittura e di caffè appena fatto. – Non è molto gentile trattare in questo modo gli amici che vengono a trovarti –. Il sorriso questa volta si disegnò spontaneamente sulle labbra di Ruben.

– Noi non siamo amici! – disse l'altro tentando di richiudere la porta. Ma la pressione esercitata da Ruben glielo impedí.

– Cosa vuoi? – ritentò Carmelo Curcello, ispettore capo della Scientifica, con voce diventata improvvisamente stridula. Ruben poteva sentire il battito del suo cuore oltre il pannello di legno della porta.

– Fare quattro chiacchere, – disse assumendo lo stesso tono che avrebbe usato con un pregiudicato.

Curcello accusò il colpo. – A che proposito? – domandò con un misto di timore e curiosità.

– A proposito di un certo sopralluogo –. Ruben sentí la pressione contro il suo corpo, appoggiato alla porta, diventare piú ostinata. Rispose a quella pressione con una spinta violenta della spalla che fece saltare la catenella sul viso di Curcello. L'uomo indietreggiò tenendosi la bocca con entrambe le mani, la porta si spalancò senza fare rumore. La vecchia spuntò da una stanza in fondo al corridoio appena in tempo per vedere la sagoma di Ruben Massei entrare nell'appartamento. Curcello si voltò verso di lei, urlandole di ritirarsi, che non era successo niente, che era tutto a posto.

– Soffre di cuore, brutto bastardo, figlio di puttana! – sibilò pulendosi un accenno di sangue che gli colava dalla bocca. Camminando all'indietro arrancava nel vuoto alla ricerca di un'arma possibile.

Ruben Massei si tastò il gluteo destro, per avvertire che lui era armato, che non aveva bisogno di cercare. – Vogliamo parlare di una certa villa fuori Roma? – disse mostrando il ghigno di chi è disposto a tutto.

– Ti mando in galera, bastardo figlio di puttana! – fu la risposta di Curcello, che si era ormai rassegnato.

– Cominci a ripeterti, Curcello. Ma è meglio che ti metti comodo, perché sono disposto a perderci la pensione in questa faccenda, – lo avvertí Ruben. – *Villa Ancona*, – si limitò a concludere.

Lo sguardo di Curcello divenne improvvisamente supplichevole. – È malata, – implorò voltandosi verso la porta da cui era spuntata la vecchia.

– Hai fatto un bel lavoro alla villa, – disse Ruben.

Curcello si fece piú piccolo. Sembrava che cercasse di sparire. – Quei soldi mi occorrevano, – rispose come se quella fosse una ragione sufficiente.

– Qualcuno ti ha pagato per coprire le impronte? – chiese Ruben interdetto. Ora era veramente confuso. Si ricompose per non dare quel vantaggio a Curcello. Lui stava accennando di sí con un movimento impercettibile della testa.

– Isacco Ancona! – ripeté Ruben, con lo stesso tono imbarazzato di chi è scivolato sul marciapiede davanti a una signora.

– Le cure mi costano un sacco di soldi, – ricominciò Carmelo Curcello senza staccare lo sguardo dal pavimento della cucina.

– Fammi capire, il marito della donna scomparsa?

Ancora una volta Curcello non rispose.

Ruben si mise a sedere.

– Non chiedermi per quale motivo, ma ha chiesto d'incontrarmi, mi ha offerto dei soldi, – bisbigliò Curcello afferrando un bicchiere colmo di latte.

– Per coprire le impronte?

– Per confondere le acque. I segni dei ragazzi erano dappertutto. C'era sangue sul pavimento.

– Chissà che divertimento, – commentò Ruben. – Dover salvare il culo a una manica di stronzetti con l'hobby dei campi di concentramento e il busto del Duce. Ma pare che siate ritornati di moda –. Calcò su quel «siate» per provocare una reazione.

E la reazione non si fece attendere. Curcello alzò lo sguardo. Era furioso, ora. – Non li leggi i libri di storia? Il fascismo è morto cinquant'anni fa.

– Certo, solo perché vi siete tolti la camicia nera e avete indossato il doppiopetto?

– Voi invece la camicia rossa ce l'avete sempre addosso! Questa la paghi, Massei, non immagini nemmeno in quale casino ti sei infilato. Non lo immagini nemmeno.

– Lo sai qual è il giorno del mio compleanno? – chiese Ruben a bruciapelo.

Curcello serrò le palpebre. – Non m'interessa, non ho

54

intenzione di farti un regalo, – rispose, e sembrava via via piú aggressivo.

– 20 gennaio 1943, – rivelò. – Una data importante: il primo anniversario della Soluzione finale. Io li leggo i libri di storia.

Guai grossi. E la cosa buffa era che non sapeva spiegare come ci si fosse cacciato. Una multa infilata tra il parabrezza e il tergicristallo gli chiarí definitivamente che quel pomeriggio avrebbe fatto meglio a starsene alla centrale, a occuparsi della montagna di altri casi che aveva da risolvere. Si era ripromesso di trattare questa faccenda a tempo perso, ma, inesorabilmente, stava finendo per occupargli tutta la giornata. E la cosa peggiore era che il caso stava assumendo contorni imprevisti. Cosí non si poteva andare avanti. Bisognava pararsi il culo. Curcello non sarebbe restato con le mani in mano. Appena svanito l'effetto sorpresa avrebbe fatto le sue mosse. Probabilmente si era attaccato al telefono appena rimasto solo.

Vide il secondo messaggio mentre infilava la chiave per aprire lo sportello. E sentí una folata di vento gelido che lo costrinse a incassare il collo fra le spalle. Come al solito non si fidò a prenderlo subito. Per paura di trovarlo ancora caldo di una presa sconosciuta. Mise in moto per far andare il riscaldamento. La ventola generò un brusio sommesso.

La scrittura era la stessa. Cambiava il messaggio: *Ricordati che un soffio è la mia vita, non tornerà l'occhio mio a vedere il bene; non mi scorgerà occhio umano; gli occhi tuoi saranno su di me e io non sarò piú; come la nube si consuma e dilegua, cosí chi scende allo sheol piú non risale; non ritorna alla sua casa e la sua dimora non lo riconosce piú.*

Col messaggio ancora tra le mani, Ruben Massei attaccò

lo sguardo al parabrezza nella speranza di vedere una figura. Qualcuno che si muovesse. Ma era piovuto. La strada era deserta. Con un gesto della mano mise in azione il tergicristallo e vide la velina della multa che oscillava imprigionata dalla stretta del gommino. Sentirsi tremare: questa era una sensazione nuova. Sentire che la respirazione si faceva faticosa. Serrò le labbra. «Che cosa vuoi?» partorí, con un boato, la sua mente. – Che cosa vuoi? – sentí scaturire dalla sua bocca, ma cosí piano che lui per primo fece fatica a sentirsi.

Daniele non era in casa. Non che Ruben avesse necessità di conoscere la provenienza di quel messaggio. Questa volta le coordinate bibliche – il libro, il versetto – non sembravano molto importanti. Questa volta chi aveva scritto il biglietto presentava se stesso. Ruben non sapeva da che cosa scaturisse questa certezza, ma era una certezza.

Con la coda dell'occhio controllò, dalla cabina, che tutto andasse bene con la macchina parcheggiata nel primo buco disponibile. Due multe in un giorno... e a un poliziotto.

Alla centrale le cose erano sempre uguali. Una montagna di lavoro da sbrigare. Qualcuno che aveva usato la sua scrivania. Un'aria irrespirabile di tabacchi vari. Cercò di concentrarsi sul caso di una prostituta che aveva denunciato il suo pappa. Poi passò a un signore che era stato aggredito da un vicino. E alla denuncia per stupro che una ragazzina di quindici anni aveva fatto ai danni del fratello di diciotto.

Controllò che il foglio fosse ancora in tasca. Era la conclusione di un pomeriggio pazzesco. Quasi non credeva a se stesso, pensando che aveva sfondato la porta di Curcello per entrare a casa sua. La denuncia per stupro si stava dissolvendo fra quelle immagini che solo un'ora prima erano realtà. Certo gli aveva fatto prendere una bella strizza, se lui si era affrettato a dargli ragione senza negare, a proposito delle prove sottratte durante il sopralluogo alla villa. Ma la spiegazione che gli aveva dato era talmente priva di senso da apparire realistica. Questo lo sapeva per esperienza: quando non si ha il tempo per organizzarsi una verità di riserva, si finisce per dire la verità vera. E la verità vera non sembra quasi mai credibile.

Era successo altre volte. Qualche mese prima, durante un raid in un campo nomadi, una zingara di sedici anni aveva accusato un finanziere di essere lo spacciatore di droga del campo. La ragazza aveva parlato per paura, per difendersi, e aveva detto la verità. I colleghi dell'accusato non solo non le avevano creduto, ma l'avevano diffidata dal ripetere accuse di quel tipo, prospettandole anni di galera. Nessun controllo, neanche per sfizio, sui conti in banca del finanziere. Due settimane dopo il raid, un collega trovò per caso un estratto conto finito sotto il suo armadietto in caserma. Il finanziere aveva accumulato una cifra a otto zeri. Era figlio di operai, era scapolo e aveva quattro anni di servizio.

Uno squillo all'apparecchio telefonico di Ruben cancellò la parabola del finanziere e, con lei, le confessioni di Curcello.

– È autentico, – disse una voce un po' annoiata all'altro capo del filo. L'ispettore Massei guardò il calendario da tavolo proprio all'altezza del suo polso destro, cercando di capire da chi provenisse quella voce. Come intuendo l'impasse, l'altro si presentò: – Giraudi della Scientifica, ispettore. Quel foglio che ci ha dato da esaminare è autentico.

– Autentico? – chiese con voce un po' ebete l'ispettore Massei.

– Eh! Avrà sí e no cinquant'anni, mese piú mese meno.

– Vuol dire che quel messaggio non è stato scritto da poco?
– La sua voce si stava assottigliando.

L'uomo rise con una specie di barrito. – Non è stato scritto da poco, – gli fece il verso. – Carta quasi artigianale, inchiostro non invecchiato chimicamente, legatura a filo del quaderno da cui è stato strappato il foglio. Non c'è dubbio, ispettore.

– Impronte? – chiese Ruben Massei schiaffeggiando il vuoto davanti a sé con una mano.

– Le sue, ispettore. Un pollice bello grosso, – rispose l'altro replicando il barrito. – Ah, dimenticavo: il grafologo è disposto a giocarsi la moglie che chi ha scritto quei messaggi è un ragazzo che non ha, non aveva, – si corresse, – piú di quindici anni.

Questa volta Daniele Foa era in casa. Ruben lo aggredí appena lo sentí respirare, prima che potesse dire «pronto»: – Un altro messaggio, – disse con quella foga che prelude a un lungo discorso.

L'altro attese qualche secondo. – Leggimelo, – disse.

Con furia Ruben si frugò le tasche della giacca. Estrasse il foglio e cominciò a leggere.

Daniele Foa non lo lasciò finire: – Libro di Giobbe.

– Voglio che tu lo senta tutto.

– Non ce n'è bisogno. Lo conosco perfettamente –. E lo recitò a memoria finché l'altro non gli disse che bastava, che il messaggio arrivava fino a quel punto. – Tre versetti interi, questa volta, – commentò Daniele Foa. – Chiunque sia il tuo ammiratore, conosce la Bibbia. È la lamentazione di Giobbe.

– Penso che voglia... – Ruben si accorse di non riuscire

a trovare le parole. – Penso che voglia come... presentarsi, – concluse.

– Penso che voglia chiedere aiuto, Ruben.

– Aiuto per che cosa? – La domanda era rivolta a se stesso.

– È quello che bisogna scoprire –. Daniele poteva diventare molto laconico quando ci si metteva.

– Riassumiamo, – provò Ruben, – c'è qualcuno che ha bisogno del mio aiuto, e non trova di meglio che infilarmi in macchina dei fogli stilati a mano che hanno almeno cinquant'anni.

La risata di Daniele lo colse di sorpresa. – Cos'è questa storia dei cinquant'anni? – domandò cercando di riacquistare un tono serio.

– Ho fatto esaminare il primo messaggio dalla Scientifica, non si tratta di scrittura recente. Sono disposti a giurare che non ha meno di mezzo secolo.

– Non siamo ridicoli, Ruben, ti stanno giocando uno scherzo. Ti stanno facendo il biscotto.

– Forse si tratta di qualcuno che attinge dal suo quaderno di bambino, che ne so, un ebreo che faceva la scuola talmudica.

– La scuola talmudica? – sorrise l'altro. – Un bambino?

– Perché no?

– Perché i bambini non fanno la scuola talmudica, la fanno gli adulti.

– Ma cosí non mi torna. Insomma alla Scientifica dicono che si tratta di scrittura infantile.

– Comunque deve trattarsi di qualcuno, adulto o bambino che sia, che può attingere a una scelta di versetti completi e incompleti adatti allo scopo.

– E se fossimo noi che li adattiamo allo scopo, come dici tu? – provocò Ruben risentito per quella constatazione inoppugnabile. In effetti il primo messaggio era un versetto a metà perché ne era stata trascritta solo la metà. Il foglio era intero, strappato dal quaderno per il lato lungo. Lo sconosciuto non aveva eliminato la parte del versetto che riteneva non funzionale: semplicemente quella parte non c'era. Dunque, a rigor di logica, in quel foglio c'era solamente quello che era stato deciso che ci fosse. Era piuttosto improbabile, infine, che lo sconosciuto si fosse ricordato di un versetto incompleto riportato in un suo quaderno di ragazzo. No, quel messaggio era stato scritto ad hoc. Solo che non è possibile scrivere ad hoc qualcosa con cinquant'anni d'anticipo.

– Tutto è possibile, ma l'importante non è quello che dico io, è quello che pensi tu! – intervenne a un certo punto Daniele come leggendogli nel pensiero.

Un'altra pausa. Ruben la impiegò a ripetersi che una spiegazione c'era di sicuro: forse un metodo sconosciuto e sofisticatissimo per invecchiare la carta e l'inchiostro. Forse chi gli spediva quei messaggi era un chimico. Forse si trattava veramente di uno scherzo di quelli della Scientifica, di un biscotto, come diceva Daniele.

– Quello che penso io? – chiese all'improvviso ritornando alla realtà e ricordandosi che Daniele aspettava con pazienza una sua risposta. – È incredibile, ma penso che quel messaggio sia stato scritto per me, – si sentí confessare.

– Per un *goj* come te, le cose sono sempre incredibili, – celiò Daniele. – Ma si tratta solo del fatto che hai una memoria troppo selettiva. La storia è piena di cose incredibili. Cose senza ragioni apparenti.

1943 – Primo di Tishrí.

Livio Ancona, vestito di bianco, si chinò verso il figlio. – Possa essere tu iscritto per un buon anno, – gli disse accarezzandogli la nuca. Sembrava diverso, nei suoi abiti per il Capodanno

– Anche la nonna pregherà perché il mio nome sia scritto nel Libro dei Giusti? – chiese Isacco pensando allo *shivah* appena trascorso.

– Pregherà per tutti noi, – rispose Livio serrando le palpebre.

Sara stava discosta. Le sue mani parevano intente a disporre sulla tavola le focacce appena sfornate e un prezioso barattolo di miele tenuto da parte per la circostanza.

La piccola Rachele aggiustava il fiocco ribelle della sua bambola, anch'essa vestita di bianco. Vedendo il padre avanzare verso di lei, chinò il capo come se si vergognasse dell'amore che nutriva per lui. Ma durò un istante, si lasciò abbracciare stringendogli il collo con le braccia, facendo aderire la sua guancia a quel viso finalmente sbarbato.

La gioia sembrava solo il risultato di una lunga ed estenuante opera di autoconvincimento.

– Non ce la facciamo, – sussurrò infatti Sara all'orecchio del marito. – Non possiamo farcela. Già non riusciamo piú a uscire di casa.

Livio attese qualche istante prima di rispondere. – Non lo faranno, – disse all'improvviso. – È tutta propaganda. Non può succedere quello che dicono. Ma, in ogni caso, ho pensato una cosa… – tentò.

Sara lo incalzò tirandolo per la manica verso una zona piú appartata della stanza. – Andiamo via. Partiamo adesso. Non c'è piú nessuno dei nostri amici che sia rimasto!

– Non era a questo che pensavo, – la interruppe Livio. – Radio Londra avverte che gli alleati non tarderanno ad arrivare: si tratta di stringere i denti per poco tempo, poi sarà tutto diverso, sarà tutto come prima.

– Chiama quel tipo che conosci alla questura, dagli tutto quello che vuole, metti al sicuro almeno i bambini! – La voce le scaturiva a singhiozzi.

Livio Ancona la abbracciò. – Calmati, ora! Bisogna stare calmi, se continueremo a essere discreti non ci succederà niente.

Sara si strinse al marito come se volesse infilarsi dentro i suoi abiti. – Salva i bambini! – ripeté.

– Saranno piú al sicuro con noi, – resistette Livio. – La gente del paese non ci vuole male. Abbiamo aiutato molte persone, gli abbiamo dato un lavoro.

– Tu non senti le cose che si dicono in giro. Dicono che il ghetto sarà rastrellato.

– Cerca di mantenere il controllo e non gridare, – le impose Livio appoggiandole la punta delle dita alle labbra. – Vuoi spaventare i bambini? Facciamo passare *yom kippur*. Credo di avere una soluzione. Mi occorrono un paio di giorni per organizzarmi. Ma lasciamo passare *yom kippur*.

Le preghiere di ringraziamento parvero a Isacco piú meste, ma forse si trattava del fatto che si avvicinava il suo *bar mitzvah*, o del fatto che la mamma aveva gli occhi rossi.

A tavola mangiarono la testa di un vitellino. E Livio Ancona raccontò storie meravigliose di prodigi compiuti dagli Angeli di Dio.

Quando Gabriele salvò Abramo dalla fornace di Nimrod e Raffaele fece cicatrizzare le sue ferite. Quando Uriele prosciugò il mar Rosso affinché gli israeliti potessero attraversarlo, quando Raziel per rivelare agli uomini i segreti celesti li scolpí sulla superficie di uno zaffiro.

Nel pomeriggio si recarono alla vasca, nella serra, per buttarci dentro i peccati.

La sera, davanti a un fuoco povero di legna e ricco di stoppie, Livio appariva stanco. I bambini furono mandati a letto presto. Recitarono lo *shemà*: «Ascolta, Israele, il Signore nostro Dio, il Signore è uno», con un'apprensione che si poteva prendere fra le mani.

Da soli, Livio e Sara, stettero a lungo senza parlare.

Fu lei a rompere il silenzio. – Che cosa hai intenzione di fare? – chiese.

– Questo momento, – Livio stentava a rimettere ordine nel suo cervello, – è solo delirio. Dobbiamo essere prudenti, lasciare che passi.

Sara si alliscò i capelli con una mano, si sentiva vecchia. – Che cosa intendi fare? – ripeté. – Le notizie non sono buone per noi. Questa tregua non durerà a lungo; diventano piú arroganti ogni giorno che passa; ormai non ti è nemmeno piú possibile andare alle serre.

– Ho pensato alla cantina, – disse lui finalmente. – Alla stanza murata. Si tratta d'inscenare una partenza. Ho già portato provviste per mesi.

– Mesi? – La domanda era scaturita come la reazione a una scossa elettrica. – Dovremmo stare per mesi sepolti in cantina? Non ce la faremo! Ci scopriranno!

Livio fu costretto ad alzare il tono di voce. – Nessuno ci scoprirà! Io stesso ho fatto fatica a trovare l'entrata. E poi ho detto mesi per cautela, Radio Londra dice che gli Alleati stanno per arrivare.

– E le nostre cose?

– Ho messo al sicuro i certificati di credito, le monete

antiche, i gioielli, i documenti. Quando questa follia sarà finita potremo ricominciare.

– Ma i bambini...

– ...Sarà un gioco per loro. Ti prometto che non gli accadrà niente. Non c'è più tempo per partire. Questa è l'unica soluzione.

– Dovevamo andar via quando sono partiti tutti gli altri! Ma tu no, tu a dire che era un fuoco di paglia!

Livio abbassò la testa, cominciava a perdere i capelli sulla nuca. Sara allungò la mano per accarezzarlo. Lui gliela prese e se la poggiò alla bocca.

Il mattino seguente sembravano rasserenati. Sara si era seduta a tavola con un sorriso assente attaccato alle labbra. Livio recitò il suo ringraziamento con una energia nuova. I bambini facevano domande.

– Faremo un gioco, – disse Livio con trasporto. – Dovremo restare nascosti. Abitare nello *sheol* come le anime dei Giusti in attesa del Mondo a Venire, quando ci sarà permesso di uscire. Gli Angeli del Signore proteggeranno l'ingresso e non permetteranno che ci sia fatto alcun male.

– È per questo che non posso tornare a scuola? Neanche a quella tutta per noi? – La domanda d'Isacco fece voltare Sara per trattenere un singhiozzo.

– Voglio dirti una cosa, – disse Livio con voce incerta. – Il mondo in cui siamo capitati, la vita di tutti i giorni, gli affari, la scuola, persino il cibo che stiamo mangiando sono doni di Dio. Egli ci ha permesso di abitare questa terra perché avessimo tempo di prepararci. Ma tutto questo – e fece un ampio gesto col braccio – non è nient'altro che attesa. Un immenso corridoio prima della sala principale, dell'*olam haba*, del Mondo a Venire. Solo i Giusti saranno ammessi nella sala. Dallo *sheol* saranno chiamati per nome e le porte saranno spalancate; cosí saranno rallegrati gli abitanti dello *sheol* del profondo ed essi risaliranno e dovranno ripercorrere questo corridoio con il sorriso sulle labbra, perché le porte dell'*olam haba*, davanti a loro, saranno aperte. Gli Angeli di Dio, Michele e Metatron, custodiranno l'ingresso e scacceranno gli incirconcisi e gli uomini e le donne detestabili, che tenteranno di entrare.

– Guardando nel Libro dei Giusti sapranno distinguere il cuore degli uomini e permetteranno a chi è puro di conoscere l'unico vero Dio, – concluse Isacco. Il suo sguardo era triste.

Sara si strinse il setto nasale con le dita e affilò le labbra per impedirsi di piangere.

7. Punto di ritorno...

Punto di ritorno. Come un cerchio che si chiude. Come un creditore che bussa. «Sempre dar retta alle proprie sensazioni», si ripeteva Ruben Massei. In un film americano, uno qualunque con un poliziotto per protagonista, avrebbero detto che era una questione di fiuto. Nel suo caso era doppiamente vero, considerato il naso che si trovava. Ecco: avrebbe dovuto dar retta al suo fiuto, da subito. Da quando il commissario Centi aveva accennato all'indisponibilità d'Isacco Ancona. Alla sua fretta nel liquidare la scomparsa della moglie. Forse si trattava di autodifesa, quella che Daniele Foa aveva definito necessità di passare inosservati. O strategia dell'invisibilità.

Cosí il segugio si trasformava in cane da posta. Per stanare l'uomo invisibile.

Appostato davanti al palazzo in via di Ripetta, Ruben pensò che avrebbe potuto tributare un guaito di riconoscenza alla luce pomeridiana che andava stemperandosi in penombra. Meglio se fosse stato già scuro. Se ci fosse stata la luna piena. Quella sfera luminescente avrebbe confermato quanto l'animale che sonnecchiava dentro il suo corpo di mezza età gli stava sussurrando fin dal primo giorno: tienilo d'occhio! Ma il tempo non bastava, c'erano una denuncia per stupro, un poveretto malmenato dal dirimpettaio e una prostituta sfregiata dal suo pappa. I casi a caso. Li immaginava accumulati sulla sua scrivania, immaginava Bonelli, l'assistente, che faceva piú di quanto le sue possibilità gli consentissero.

«Eh sí, ispettore capo di cinquantun'anni, è una settimana che ti sei fatto di nebbia, a seguire fantasmi, a cercare di far esistere un caso che non esiste. Ecco perché rimani un ispettore capo alla faccia dell'anzianità. A chi la vai a spiegare tutta la faccenda dei bigliettini scritti cinquant'anni fa? Chi cazzo vuoi che si prenda la briga di darti ascolto? Tutt'al piú finisci la tua carriera in manicomio e chi si è visto si è visto».

Inquadrò la macchina, quando era arrivata? Forse nel momento stesso in cui aveva cominciato a delirare di manicomi. Abbassò il finestrino per schiarire il paesaggio davanti a sé. Sí, era arrivata una macchina, una berlina grigio metallizzato. L'uomo al volante aveva l'aspetto di un rispettabile professionista. Avvocato? Isacco Ancona apparve in quel momento. Piú alto del previsto dentro al suo cachemire color cammello. Prima di fare un giro intorno al muso della berlina per accomodarsi affianco al guidatore, si era fermato dalla sua parte. L'autista si era guardato bene dal voltarsi, ma era chiaro che Isacco Ancona aveva mangiato la foglia. Sospettoso. Ruben sfidò le leggi dell'ottica per seguire quella breve conversazione con la coda dell'occhio. Senza affrettarsi, Isacco Ancona si era portato verso la fiancata esposta dell'auto e vi era salito con un leggero cenno, una specie di sorriso pietoso all'indirizzo del poliziotto.

E il poliziotto prese la targa. Cercando di tenerla a memoria finché non avesse trovato un foglio e una penna.

Non si sarebbe lanciato in un inseguimento. Queste cose non facevano per lui. Era tanto piú comodo prendere appunti. Orario dell'abboccamento, numero della targa... Senza contare che chiunque fosse alla guida della berlina era stato avvertito che un poliziotto li stava controllando. L'avrebbero fatto girare per mezza Roma piuttosto che condurlo al luogo dov'erano diretti. E a Ruben sarebbe rimasto l'amaro in bocca della certezza che avessero qualcosa da nascondere. Meglio il fiuto. Meglio la bestia. Meglio andare sul sicuro e ottenere una cosa per volta. E la prima cosa era fatta: qualunque intenzione avesse Isacco Ancona, da questo momento in poi doveva giocare allo scoperto.

– È una bestialità! – urlò il commissario Centi con una vena sulla fronte che gli disegnava un cordone violaceo fra le sopracciglia.

– È appunto quello che volevo spiegare, – replicò calmissimo l'ispettore Massei.

Il commissario si versò da bere. – Ma che razza di persona è lei? – chiese al vaso di fiori che aveva davanti a sé.

– Presto detto, – incalzò Ruben Massei, – uno che non ha fatto carriera. E mi risparmio di aggiungere che non è affatto sorprendente, signor commissario.

– L'avevo avvertita, era tutto chiaro: al primo casino stop! E allora dico stop! Fine di questo delirio. Finora non abbiamo acquisito niente d'interessante, non c'è la minima prova che sia successo effettivamente qualcosa.

– Voglio spiegarle che razza di persona sono, – disse a sorpresa l'ispettore Massei prima di essere costretto a ricorrere alle giustificazioni. – Sono uno di quelli che quando sale su un treno vive nell'angoscia di andare in una città diversa da quella in cui è diretto. E sa una cosa? Ogni volta che il vagone si mette in moto va sempre nella direzione contraria a quella che mi aspetto. Allora passo tutto il primo quarto d'ora a chiedere conferme in giro per sapere dove va effettivamente quel treno fottutissimo. Ecco come sono fatto. Cosa dice?

– Dico che quello che sta dicendo non ha il minimo senso –. Il commissario Centi aveva abbassato il tono di voce, pareva stranito.

– Ho imparato, verso i sei anni, che non c'è quasi niente di certo, commissario. Non mi sono mai fidato delle situazioni troppo chiare. E sa perché? Perché non ce ne sono. Pensi un po': scoprire, quando tutto sembra a posto, che non è vero niente, né madre, né padre. Niente insomma. Ci pensi!

– Se avessi la minima idea di quello che sta cercando di dire forse potrei fare lo sforzo di pensarci, ispettore.

– Mi riferisco alla mia vita, commissario, ma mi rendo conto che lei non ha nessun dovere d'interessarsene. Però una cosa gliela voglio raccontare: lo sa come li chiamavano quelli come me durante i primi anni di servizio in polizia, sto parlando degli anni Sessanta? – Seguí una lunga pausa durante la quale il commissario Centi restò a esaminarsi le mani. – Ci chiamavano «carbonari», perché ci capitava di frequentare le sezioni comuniste. Proprio quando la Politica prima dell'arruolamento «prendeva informazioni» per accertarsi che non fossimo iscritti al Pci, e che non lo fossero neanche i parenti stretti. Fui assegnato alla Buoncostume, e una sera mi capitò di fermare un signore distinto che abbordava giovanotti sul lungomare ostiense. Avevo poco piú di vent'anni, gli chiesi i documenti, pianse come un bambino. Lo lasciai andare pensando a me stesso. Pensando che le persone troppo spesso sono costrette a nascondere quello che sono... Non c'era il sindacato di polizia, allora, niente di tutto questo, allora era una vergogna «stare col proletariato», proprio come essere omosessuale –. Finí la sua tirata aspettando invano una reazione del commissario. Con leggero imbarazzo provò a riacchiappare il discorso sulle sue indagini: – Comunque non mi azzarderei a concludere che non c'è niente, – disse infatti, dando uno sguardo alla pratica sui ragazzi scomparsi.

– Se c'è qualcosa, allora la butti fuori e mi dia la possibilità di rispondere per le rime, ispettore. Se avesse assistito alla telefonata che ho ricevuto solo venti minuti fa… Lo sa cosa mi chiedono? D'invitarla a mettersi in malattia, di consigliarle un approfondito esame psichiatrico, di prendere la sua scrivania e le pratiche che ci sono sopra e portarle come prova a un consulto di medici dopo un rapporto per inefficienza. Di trasferirla a Pordenone all'ufficio passaporti! – La risposta del commissario scaturí come un flusso liberatorio.

– Si è mosso in fretta. Pensavo che avrebbe proposto la Sardegna, – commentò l'ispettore Massei.

– Oh, la Sardegna adesso se la beccano solo quelli che hanno santi in paradiso –. Anche il commissario poteva fare il sarcastico quando voleva. – Lei non può dare il tormento a un cittadino solo perché sospetta cose che non può provare.

– Non ho dato il tormento a nessuno, commissario: ho parcheggiato la mia auto in via di Ripetta. È vietato?

– Vedo che è impossibile intendersi.

– Che cosa avrei fatto, sentiamo!

– Diciamo che sta perdendo un sacco di tempo, tempo per il quale è retribuito. Se deve far ordine nella sua vita, lo dica. Si metta in ferie, si metta in malattia. Si prenda tutto il tempo che le serve, ma ci dia un taglio.

– È una diffida?

– È un consiglio, ma può diventare molto di piú se ricevo un'altra telefonata di protesta.

– Ho parlato con Curcello –. Il tentativo dell'ispettore assumeva toni patetici.

Il commissario Centi abbassò le braccia battendosi le cosce. – Curcello, – disse, – dia un'occhiata a questo –. E porse a Ruben Massei un foglio dattiloscritto.

Ruben Massei sbarrò gli occhi. – Denunciato, ricatto? – biascicò.

– Un'ora fa! – confermò il commissario Centi. – Il legale d'Isacco Ancona l'ha portata un'ora fa. Vi siete incrociati fuori dal mio ufficio.

– Carmelo Curcello avrebbe ricattato Isacco Ancona?

– Non per quello che pensa lei, ispettore. Qui si tratta di fondi neri. Pare che siano stati trovati dei documenti durante il sopralluogo a *Villa Ancona*. Secondo la denuncia, Curcello se n'è impossessato e ha chiesto una grossa cifra per restituirli.

– Curcello è l'essere piú schifoso della terra, ma non è un ricattatore! – esclamò l'ispettore Massei. – Che c'entra? Perché mi avrebbe detto il contrario?

– Ricominciamo a delirare, ispettore?

– Io ho parlato con Curcello! L'ho minacciato! Isacco Ancona gli ha proposto di chiudere un occhio sulle tracce trovate alla villa e per questo gli ha offerto una bella cifra.

– Ispettore, Isacco Ancona è una delle cento persone piú ricche di Roma. È una persona influente. È molto stimato dalla comunità ebraica. È fuoco, ispettore. Badi a non bruciarsi. Secondo lei si sarebbe esposto con una denuncia del genere se non fosse stato piú che sicuro?

– Provi a vedere la questione in un altro modo: Isacco Ancona non vuole che si facciano le ricerche in una direzione che stabilisca senz'ombra di dubbio che la moglie è morta. Paga Curcello perché dal rapporto non risultino legami tra la scomparsa di Luce Ancona e l'irruzione dei «vandali» alla villa. Tutto bene, tutto perfetto, finché non arriva l'imbecille che non si fida. Vede? Mi sto dando dell'imbecille. Curcello ha la mamma malata, commissario, tutti quei soldi... insomma decide di accettare la cifra. Poi gli viene la strizza, è un cagasotto. Appena si sparge la voce che mi sto occupando del caso, si mette in malattia e comincia a telefonare. Vuol scommettere che se facciamo un controllo alla Sip scopriamo che ha fatto lo stesso numero una ventina di volte? Cosí Isacco Ancona è messo sull'avviso. Gli basta vedermi solo una volta sotto casa sua per diffidarmi con i miei superiori. Non è straordinario tutto ciò?

– E rischierebbe che si apra un'inchiesta sulla sua azienda?

– Non rischia nulla, commissario, perché la sua azienda è a prova di controlli. Qualunque cosa lui abbia scritto nella sua denuncia, Curcello la negherebbe, e i documenti non si troverebbero. Perché non esistono. È pensata con cura, commissario.

– Bene, – disse Centi, – l'ora dello sproloquio è finita. Due possibilità, ispettore: o smette, o smette. Questa vicenda, per quanto la riguarda, è chiusa.

«Questa vicenda è chiusa». Chiusa un cazzo. Soprattutto adesso. Caro Curcello, hai messo il piede nella tagliola...

Il bar di fronte alla centrale sembrava un negozio di cristalli, roba che una volta entrati non si sapeva piú da che parte era l'uscita. Ruben Massei chiese un cappuccino al ragazzo dietro al bancone. Poi, dalla vetrinetta, si serví di uno dei pochi cornetti che si erano salvati dalla razzia della colazione e del pranzo. A non essere troppo fiscali, quella poteva essere considerata una cena. Dopo il primo morso si recò al telefono. Rispose una voce stranamente accattivante per il centralino della Polstrada.

– Passami Magnani, sono Massei della Mobile –. La ragazza, sicuramente bionda, disse: – Un attimo, vedo se c'è, – strascicando la v e la c. Roba da 144.

Magnani aveva la solita voce roca da sessanta sigarette al giorno.

– Oh, sono Massei della Mobile, se ti dò un numero di targa quanto ci metti a dirmi a chi è intestata la macchina?

– Cinque minuti, – disse Magnani senza il minimo entusiasmo. – Ma non ti puoi fare una videata dal tuo terminale? – protestò.

– Se mi sono preso la briga di scendere al bar per chiamarti, evidentemente è qualcosa che non posso, non voglio, – si corresse, – fare in ufficio.

Magnani fece un grugnito oltre il filo. – Avanti, – disse con sufficienza, – sentiamo questo numero.

Ruben gli lesse la targa dal suo taccuino. – Lancia Thema grigio metallizzato. Ti richiamo io tra cinque minuti, – completò deglutendo.

Per tutta risposta l'altro riattaccò senza nemmeno salutare. Cinque minuti passarono con una scorsa veloce alle pagine locali del «Messaggero» e un altro cornetto.

La voce della centralinista, ora che la risentiva, sembrava un po' meno intrigante.

– L'auto che t'interessa è intestata a un certo Foa dottor Daniele, – sentenziò la voce di Magnani. – Vuoi l'indirizzo?... Ci sei?... Sei ancora in linea?... Massei?... Beh...

La donna era giovane: venti anni al massimo. Era giovane, nonostante il trucco da circo e il colore sulfureo della capigliatura. Pareva distratta. Per tutto il tempo in cui Ruben le si era agitato sopra aveva tenuto lo sguardo fisso al soffitto, oltre la sua nuca, dove una macchia di umidità stava assumendo i contorni di un continente. Un'Argentina, le pampas, un accenno di Brasile...

Ruben era certo di non piacerle perché evitava di guardarlo.

Lei infatti evitava di guardare i suoi glutei che ondeggiavano. Soprattutto quel cespuglio di peli neri tra la fine della schiena e il canale delle natiche. Fortunatamente lui non parlava. Non era di quelli che avessero bisogno di commentare le proprie prestazioni con frasi del tipo «Lo senti, senti com'è grosso? Ti piace? Dimmi che ti piace!» Niente.

Ruben non le chiese nemmeno di partecipare. Forse facendola salire in macchina per condurla alla pensione, limitando allo stretto indispensabile le lungaggini della contrattazione, pagando subito il massimo, le chiese solo di esserci. Di distendersi sotto di lui e, se non avesse avuto niente di meglio da fare, di guardare il soffitto. Ma in quei frangenti, con quei presupposti, la testa di Ruben aveva l'abitudine di andare molto lontana dal suo corpo. Cosí il respiro di lui si fece perplesso, non sapendo a chi dovesse adeguarsi. Se a quell'andirivieni di pura ginnastica: su e giú senza rotazioni, senza cambi di ritmo, senza aperture, senza accenti, che la sua schiena stava producendo; oppure a quella massa di pensieri, di volti, di connessioni, di azioni, di futuri, che il cervello stava elaborando.

Il respiro della donna invece era regolare, ma risentiva di qualche aritmia, tutte le volte che la sua deontologia la

74

costringeva a un breve gemito come di approvazione, come d'invito a finire in fretta.

Ma Ruben sentiva di non farcela. Sentiva che la sua era solo un'eccitazione di sfregamenti e accumulo di sangue nei corpi cavernosi. Un'eccitazione che non sarebbe approdata a nulla se solo avesse avuto il coraggio di smettere. Di dichiararsi sconfitto. Sfilandosi da quella donna senza aver versato nemmeno una goccia di sperma. Ma percepí gli inviti di lei quasi che fossero un modo come un altro per esserci. Appunto, come stabilito. E provò ancora una volta a richiamare il cervello per farlo coincidere coi lombi, a trasferirvi per un istante tutte le malíe possibili: la compattezza dei seni, il biancore della pelle, la curva delle labbra…

Intanto, sul soffitto, l'ombra di una persiana aveva colpito in pieno l'Argentina, come lo spillo di un entomologo la testa di una farfalla.

Lo sfinimento dei fianchi si era irradiato alle palpebre quasi contemporaneamente all'eiaculazione: versamento di poco superiore a uno sputo secco, accumulato con fatica.

La donna chiuse gli occhi a sua volta per impegnarsi a far leva sulle spalle di lui e, finalmente, invitarlo a occupare la parte del letto rimasta libera.

Tutto quello che seguí faceva parte di un disegno imprevisto: Ruben era prigioniero di un sonno percettivo, un orgasmo del cervello, con un'esplosione di pensieri che avevano vagato all'interno della cassa cranica senza trovare una via d'uscita. Solo ora, che l'avevano costretto in una rete d'incoscienza affollata di conclusioni, Ruben poteva tentare di far ordine con una passività che poteva solo assomigliare al sonno.

Innanzitutto lo sguardo di Curcello quando, dopo essersi

assicurato che la catenella fosse inserita, aveva incuneato la faccia nello spazio tra la porta e lo stipite. Poi il sorriso pieno di accondiscendenza che Isacco Ancona gli aveva indirizzato prima di salire in macchina. E qui un balzo. Come quando si sogna che il terreno sparisce da sotto i piedi e si ha la sensazione netta di precipitare. Quel nome che Magnani aveva pronunciato facendo ricorso agli ultimi residui di fiato disponibili, ma che in quella specie di sogno poteva assomigliare al lamento dell'orco nelle notti invernali, o della mamma del sole nei pomeriggi afosi. Foa Daniele. Foa Daniele. Foa Daniele.

E il commissario Centi: «La faccio trasferire! Ho detto stop! Dico stop!» Con quel viso appena rasato, senza un'ombra, come se il rasoio riuscisse a restituire la qualità infantile alla sua pelle. Il commissario Centi con le mascelle pure come il culetto di un neonato. E l'odore di dopobarba, di quelli da profumeria, che impregnava l'ufficio angusto. E rimaneva attaccato alle mani dopo che ci si era appoggiati al bracciolo del divano.

Poi ancora Curcello che si tampona il labbro sanguinante, ma vuole solo impedire alle parole di uscire di bocca. Perché la paura scioglie la lingua. E quella spallata contro la porta, che ha frantumato la catenella, gli ha fatto paura...

Quando Ruben balzò a sedere sul letto, col sudore che gli colava dalla nuca alle spalle, il suo respiro si era fatto intermittente. Alzò la testa verso il soffitto come se fosse costretto a respirare la poca aria rimasta nel fondo di una barca capovolta dalla burrasca. Allungò la mano al suo fianco: la donna non era a letto. Ma percepí la sua presenza in un'apoteosi di sciacquii oltre la porta spalancata del bagno, ora che anche le orecchie cominciavano a funzionare.

76

Dal frastuono del petto, come il tamburare di un cuore artificiale, si fece largo una frase, detta a filo di labbra fin quando sembrava necessario economizzare l'ossigeno, poi via via urlata alla stanza, al cuneo luminoso degli scuri accostati, alla macchia sul soffitto, ai rumori del bagno: – Allora è un uomo morto!

La donna comparve senza finire di rivestirsi, pietrificata, con le braccia ritorte verso la schiena per allacciarsi il reggiseno di un beige piú pallido della sua pelle. Le era bastato spostarsi verso destra per apparire al centro dello schermo delimitato dalla cornice della porta del bagno. – Temevo che le fosse pigliato un colpo, dottore! – disse con un sollievo che le permise di riprendere, con gesti consumati, a percepire in quali asole andassero i ganci del reggiseno. E l'aveva chiamato «dottore», segno che, durante il sonno di lui, aveva frugato fra le sue cose, aveva visto il tesserino di riconoscimento e aveva deciso di non toccare i soldi nel portafoglio. Cosí, era diventata melliflua: un poliziotto fa sempre comodo, meglio trattarlo bene... – Tutto bene, invece... – disse abbozzando un sorriso.

Ruben non l'ascoltava, come se lei fosse un ectoplasma, la superò oltre la porta del bagno per andare a buttarsi sotto il getto freddo della doccia.

Lei fece spallucce e andò a recuperare i suoi abiti.

Una specie di ululato fu la risposta al getto freddo. Col corpo che faceva quel che poteva: pelle d'oca, peli ritti, capezzoli pietrificati, testicoli ridotti a due ceci. Ma era vita.

Rientrando in camera vide che lei era già vestita di tutto punto. – Dottore, mi riporta verso Termini?

Ruben accennò di sí. – Prima devo fare una telefonata, – disse.

– Non sarà esattamente come lo avevamo progettato –. Livio parlava a Isacco che gli stava davanti. – Ma sarà tutto come dev'essere. Il rabbino Formiggini ha preparato ogni cosa, il suo ufficio di notaio è stato trasformato in un tempietto: è lí che celebreremo il *bar mitzvah*.

– La sinagoga è stata chiusa, – chiarí Sara che fino ad allora non aveva aperto bocca.

Il volto di Isacco tradí un disappunto di labbra trementi. Certo non sarebbe stato niente di quello che aveva pensato. Il *tallit* di seta cruda che era stato sulle spalle del padre, e del padre del padre, e del padre del padre del padre, sarebbe stato visto sulle sue, di spalle, solo da quei pochi che non erano riusciti a scappare o da quei pochissimi che non avevano voluto abbandonare le loro case. Quelli che la mamma, in un accesso di disperazione, aveva chiamato «pazzi».

Poi si era scusata piangendo…

Non aveva senso diventare uomini in quel modo. Non aveva senso estrarre i rotoli da un *Aron-ha-Kodesh* che era nient'altro che un armadio metallico. Niente a che fare con quello della sinagoga. Misterioso di tendaggi. Scrigno che conservava i Rotoli Incoronati.

– Tutta la comunità sarà presente alle undici, l'ora dell'ufficio solenne del sabato. Sai come si deve fare. Aiuterai ad aprire l'Arca Santa, a sollevare i rotoli e portarli per un giro della *tevah*. Il rabbino inizierà a leggere e poi ti farà un cenno, tu dovrai proseguire… Siamo fieri di te, – concluse Livio tentando di abbracciare il figlio.

Sfuggire a quell'abbraccio poteva significare fuggire alla Storia se Isacco avesse avuto qualche anno in piú, se fosse stato in grado di rendersi conto che, di lí a poco, si sarebbe concretizzato quello che suo padre definiva «svanire» e sua madre «seppellirsi». La Storia poteva essere ben piú crudele e non limitarsi a rovinare il suo *bar mitzvah*. Cosí, correndo verso la sua camera, sottrarsi alla presa del padre, significò, per Isacco, solo cercare di sfuggire al suo Destino.

8. Segnali di niente...

Segnali di niente. Comunicazione fallita. Questo significavano i tu... tu... tu che scaturivano ogni volta che provava a fare il numero interno del commissario Centi. Poteva dipendere dal fatto che il numero era stato composto con troppa trepidazione. Questi telefoni a tasti perdono dei colpi, se si digita la cifra troppo in fretta, e finiscono per dare occupato. Rifece il numero piú lentamente. Niente. Occupato. Occupato. Ancora occupato. Sbatté la cornetta contro la forcella metallica del telefono pubblico.

La donna lo guardava con un misto di pazienza e ansia. Inarcando le sopracciglia fissò Ruben come a dire che capiva il problema, ma ogni minuto che passava rischiava di perdere un cliente. – Lei capisce, dottore! – provò agitando l'imitazione di Rolex che aveva al polso.

Per tutta risposta Ruben cercò il portafoglio frugandosi la giacca con la mano libera. Con l'altra, facendo spuntare l'indice dal pugno che stringeva la cornetta, riprovò a mettersi in contatto col commissario. – Prenditi diecimila per un taxi, – le disse allungandole il portafoglio. Questa volta il segnale, dall'altra parte del filo, assicurava che qualcuno avrebbe risposto.

– La sto cercando almeno da un'ora! – urlò il commissario Centi.

– Ho pensato una cosa, – si affannò Ruben Massei per sovrastare il disappunto del suo superiore. – Curcello, commissario, è un uomo morto. Lo faranno fuori. Quella denuncia è una condanna a morte.

Il commissario ebbe un singulto come se gli si fosse bloccata in gola una spina di pesce. – È proprio di questo che voglio parlarle! L'ispettore Curcello si è impiccato.

Impiccato. Va bene. Mettiamola in questo modo. Avrebbe potuto farlo da tempo. A essere sinceri avrebbe dovuto farlo da tempo. Pensiero da abolire subito. Fatto e liquidato. Pietà per chi se n'è andato. Un po' di rispetto, Ruben.

Ma la faccia del commissario... Insomma gli vanno in casa con tanto di mandato di perquisizione emesso dal sostituto procuratore. Gli portano anche un avviso di garanzia, già che ci sono. Indagato. Per estorsione. Suonano. Al citofono risponde la vecchia, come sempre. Salgono sino al secondo piano. Ascensore fuori uso. *Out of order*. Come al solito. Suonano ancora. Restano qualche minuto fuori dalla porta. Finalmente si sentono i passi strascicati della vecchia percorrere il corridoio. Armeggia con le serrature, senza togliere la catenella, che non c'è piú. È una vecchia piccolissima, ingobbita, canuta. «Curcello Carmelo?» chiede l'incaricato. La vecchia sorride. «Quante visite», pensa raddolcita. È abituata alle divise per casa. Spalancando la porta fa entrare. Li invita a sedere. Ha una parlata che è un misto di siciliano e romanesco. «Cammelo, – dice, – oggi nun se sente cioppo bbene», e indica la sua camera. Cerca di far strada, ma va troppo lenta. Cede il passo continuando a indicare una porta chiusa. L'agente con i baffi che gli coprono il labbro superiore bussa con circospezione. «Curcello Carmelo? – tenta. – È stato emesso un avviso di garanzia nei suoi confronti!» La vecchia sorride ancora, li ha appena raggiunti all'altezza della porta della camera, un po' ansimante. Comincia ad avere il dubbio che quella non sia una visita amichevole. Forse avverte la trepidazione dell'agente piú giovane. Il cuore di mamma. Bussano. Nessuna risposta. L'agente coi baffi afferra la maniglia. La porta è chiusa. Questa volta il dubbio della donna diventa una certezza di occhi sgranati. Ha i bulbi giallognoli, ma le iridi sono di un azzurro delicatissimo. «Nun è shtato bbene!» ritenta. Nuovo bussare, piú concitato. Nessuna risposta. L'agente coi baffi fa un cenno al giovanotto. Quest'ultimo si volta verso la vecchia, le cinge le spalle con tutta la gentilezza di cui è capace. La forza a dirigersi verso la cucina. Ma lei sta cominciando a tremare. Basta poco per entrare. La porta non è molto solida. L'agente coi baffi lancia uno sguardo dritto davanti al suo naso. Sembra vuota, la stanza, e silenziosa. Senza entrare completamente, l'agente coi baffi fa un mezzo giro panoramico della stanza. Niente di niente. La fissità, il silenzio, lo incoraggiano ad avanzare. Il lato destro della stanza è ingombrato da uno scaffale di ferro colmo di fogli, libri e riviste. Poco piú in là c'è una tenda che occlude un'apertura, forse una nicchia nella parete. Il respiro dell'agente coi baffi si fa pesante. Indietreggiando con lo sguardo fisso alla tenda estrae la pistola d'ordinanza. D'improvviso un contatto lo costringe a voltarsi. Le punte delle scarpe di Carmelo Curcello gli hanno sfiorato i lombi.

– È stata fatta una perquisizione coi fiocchi: non abbiamo trovato niente. Né appunti, né, tantomeno, documenti –. Il commissario Centi aveva un'aria veramente stanca. L'olezzo di dopobarba stava cominciando a stemperarsi in un'acidità di sudore.

– Non c'era nulla da trovare, – rispose laconicamente l'ispettore Massei. Quel tardo pomeriggio diventava troppo lungo.

– Comunque non l'ho fatta chiamare per un consulto. L'ho fatta chiamare perché m'interessa chiarire una volta per tutte che questa indagine non la riguarda. Voglio essere completamente franco: lei mi è simpatico, non so perché, ma lei mi è simpatico. Non mi costringa a prendere delle decisioni definitive. Odio fare la parte dell'orco. Si dimentichi di questa faccenda!

Dimenticare. Una parola! Appena scoprono che hai ragione ti chiedono di dimenticare. Dimenticare un cazzo! Si fottano. Dimenticare un cazzo! Si fottano. Si fottano.

Si ripeteva le parole del commissario. Per tutto il tragitto fino a casa. Scoprendo che in un angolo nascosto del suo cervello si stava costruendo un piano: mettere alle strette Daniele Foa per via dell'incontro con Isacco Ancona; fare una scappatina a casa di Curcello, ma non subito...

Gli venne in mente suo padre. Quello che lui chiamava padre. Era il '55 o giù di lí. Faceva lo stagionale in Belgio alle miniere. Sei mesi di lavoro a trecento metri di profondità e sei mesi a casa a fare il possibile per tenersi occupato. Ma con la paga dei belgi si campava decentemente anche nei periodi d'inattività.

Gli venne in mente quando portò in casa un giradischi. Era una valigetta compatta nocciola e bianca con le rifiniture di gomma e il manico retraibile.

Il braccino ci mise qualche istante prima di rimandare, dal disco, la voce pigolante di Edith Piaf che cantava *Je ne regrette rien*.

«Non! Rien de rien… Non! Je ne regrette rien…»

Appunto. Non c'era niente da dimenticare. Niente da rimpiangere.

Ecco come lavora la testa. Quel magazzino infinito che è il cervello, sempre a cercare le ragioni delle cose. I motivi delle azioni.

L'aveva tenuto, quel disco. Un vinile pesante, o era ancora carbonio?, con solchi profondi.

«Non! Rien de rien… Non! Je ne regrette rien…»

Troppo facile, troppo bello. Troppa gente che chiede la stessa cosa.

Non aver niente da rimpiangere. Dimenticare.

I politici alla televisione («un passato da dimenticare»). Dimenticare.

I comizi nelle piazze («siamo un partito democratico»). Dimenticare.

I proclami sui giornali («vi siete dimenticati della Russia? E Stalin?»).

Perché dovremmo ricordarci della Russia e dimenticarci dell'Italia?

Sarebbe meglio non dimenticare niente. Ricordare tutto. Rischiare rimpianti. Invece no.

«Rien de rien… Je ne regrette rien…»

Questa parata di «ex» con la memoria corta che sbuffano se si ricorda il Ventennio o, a scelta, i fatti ungheresi.

Il responsabile del gruppo giovanile ebraico di Roma («non era abbastanza rischiare un sindaco fascista?»)

Il commissario Centi («non la butti in politica, Massei!»)

Non è che la «buttasse in politica», era la testa che faceva le sue connessioni. Non era diventato poliziotto per niente! Senza considerare che, quando c'era entrato lui, la polizia non era propriamente di sinistra.

Non era mica di quelli che l'avevano fatto per bisogno. Quando era tornato suo nonno dal campo... che a dirlo cosí pare che fosse un contadino. No, quello ricco, quello d'avanzo, di nonno, quello col numero sul braccio: l'aveva nominato erede universale. E nemmeno una cifra da poco.

Poteva campare di rendita. Ma come spiegarlo alla sua testa? Se era cresciuto con un «padre» partigiano. Che non aveva voluto cambiare stile di vita nemmeno quando quel «figlio», piovuto dal cielo, salvato dalla morte, gli aveva permesso di camparsi la vecchiaia senza pensieri.

Per alcuni cinquant'anni sono un lasso di tempo infinito, per altri sono solo un battito di ciglia. Per alcuni è facile dar retta a chi dice «si dimentichi», per altri cominciare a dimenticare può significare l'inizio della fine.

«Je ne regrette rien...»

Il professore di antropologia, quando aveva perso le speranze che si laureasse («Massei, è arrivato in ritardo, troppo vecchio per il sessantotto: è questo che non riesce a perdonarsi. E allora continui a fare lo studente»).

È morto novantenne due anni fa, il professor Ciliberti.

Ruben. Questo bambino di cinquant'anni che s'incaponisce quando è convinto di avere ragione. E ci rimette il cranio. Perché le ragioni sono tante e devono coincidere. Una volta la tua, una volta la mia, una volta la sua... In fondo, a pensarci, ci aveva rimesso la carriera. E una famiglia.

Il compagno di base («ancora quella coglionata che le piccole scintille generano grossi incendi? Per smuovere le cose ci vogliono le masse, te lo dico io!»)

Il segretario della Sezione Antonio Gramsci («che cazzo ci sei entrato a fare in polizia?»)

Curcello che parlava alle spalle («ed è pure giudío!»)

Sempre cosí. Sempre in ritardo. Sempre fuori luogo. In

una cultura sbagliata. In una famiglia sbagliata. Coi tempi che non coincidono mai. In polizia. Dentro un'indagine che non esiste.

«Je ne regrette rien...»

– Non permetterti di usare questo tono con me! Sopratutto se non sai di cosa stai parlando, – si difendeva attaccando Daniele Foa.

– Voglio solo sapere se eri tu al volante di quella macchina.

– Che cosa vuol dire questa domanda?

– Non vuol dire niente. Tu rispondimi: eri al volante di quella macchina?

– In che veste...

– ...Ho capito. Ma mi sarebbe piaciuto sentirtelo dire: ti ho preso per il culo, Ruben.

– Non hai capito nulla, invece. Ci sono delle cose... Non posso parlarne al telefono. Hai rischiato di rovinare tutto! Accidenti.

– Allora dimmi quando ne possiamo parlare –. Ruben finì la frase smozzicando le ultime sillabe. Gli era uscita la solita voce da bambino scoperto in flagrante reato.

– Domani pomeriggio, verso le tre, alla sinagoga –. Anche la voce di Daniele sembrava un po' imbronciata.

– C'è un altro messaggio, – disse Ruben all'improvviso, come se temesse che l'altro considerasse la conversazione conclusa e riattaccasse. – L'ho trovato in casa, sulla mensola dell'ingresso, appena rientrato. Chiunque sia stato a metterlo è entrato a casa mia –. La cosa buffa era che quel pensiero gli era venuto in mente proprio nell'istante in cui l'aveva pronunciato. Il respiro di Daniele gli fece comprendere che era pronto ad ascoltarlo. – *Il Giusto non si tur-*

ba per eventi funesti, invece gli empi sono pieni d'affanno, – lesse con le labbra che tremavano.

– Dovrebbe trattarsi dei *Proverbi*, dammi un secondo...

Quel secondo poteva rappresentare un ostacolo, una pausa troppo densa, ora che il suo cervello stava ricominciando a ragionare. Ora che si sentiva in colpa per aver dubitato: in fondo Daniele Foa era un notaio. E, con buone probabilità, era il notaio della famiglia Ancona. Qualche volta la bestia sbaglia, colpisce a caso, non sa riconoscere i propri nemici.

– Eccolo, *Proverbi*, 12-21: *Il Giusto non si turba per gli eventi funesti, invece gli empi sono pieni d'affanno*. Dagli retta, Ruben, non lasciarti turbare. Ci vediamo domani.

1993 – 5 settembre.

Il freddo della notte svegliò Franz. Passato l'effetto dell'alcol si rese conto di essere seminudo e di essersi addormentato sul prato. Sentí Rommel russare affianco a lui. Ma non vide Luana.

Solo perché non aveva ancora alzato lo sguardo.

Strattonandolo per la spalla, costrinse Rommel ad aprire gli occhi. Poi senza parlare gli indicò il grande albero da cui pendeva il corpo della ragazza impiccata con la sua cintura. Rimasero a guardare quel frutto maturo per un tempo indefinibile, muti.

Poi un fruscio poco distante li fece voltare. Ma non videro niente: un animale, pensarono.

Cosí, quando apparve l'uomo, erano del tutto impreparati. Si era lanciato contro di loro con un balzo repentino, tenendo una grossa pietra fra le mani. Il masso sfondò il cranio di Rommel come se si trattasse di un guscio d'uovo. L'ondata di sangue e materia cerebrale imbrattò il collo e la nuca di Franz, che riuscí a voltarsi puntando la pistola. Non avrebbe potuto raccontare quello che vide, neanche se fosse sopravvissuto. L'uomo, che sembrava ansimare per la fatica, era del tutto privo di faccia. I brandelli di carne che gli pendevano dal volto sembravano sussultare per l'eccitazione. Franz sparò. Consumò tutto il caricatore della sua pistola. Ma l'uomo si limitava ad ammortizzare la spinta dei proiettili che gli penetravano in corpo, oscillando verso di lui. Facendo un balzo verso l'alto, Franz buttò le mani in avanti a tentare una stretta convulsa del collo dell'uomo. Ma sentí sotto le palme solo la consistenza fangosa delle sue carni. L'uomo non faceva resistenza, anzi si appoggiava con tutto il suo corpo al corpo del ragazzo, che poteva quasi assaporarne gli umori. Cosí la visuale di Franz poté allargarsi alle spalle dell'aggressore e vederli. Vederli, Cristo Santo! Ce n'erano altri! Stracci di umanità, poltiglie di corpi: una bambina, una donna, un ragazzo.

La nausea lo colse a quel punto, forse dovuta alla stretta della fune che l'uomo gli aveva messo intorno al collo. Sentí il respiro fermarsi a pochi passi dalla bocca e lo sentí lottare per conquistare il vuoto.

La mancanza d'aria svegliò Franz. E parve distoglierlo dal suo incubo. Con uno scatto in avanti era riuscito a mettersi seduto. Pochi attimi per accorgersi che l'incubo non era finito. Automaticamente si portò le mani al collo per cercare di allentare la corda che gli impediva di respirare. Ma la persona che gli ansimava alle spalle aveva un vantaggio: l'aveva sorpreso nel sonno. Tutto troppo veloce, neanche il tempo di sentire freddo, ché si era addormentato sul prato senza nemmeno rimettersi la camicia. Agitò le mani per cercare la sua pistola, ma la pistola non c'era. Ebbe qualche decimo di secondo per chiedersi come mai non gli avesse sparato. Ma quell'ansimare che diveniva una risata compressa rendeva inutile quel dubbio. Scosse il capo attaccandosi agli occhi solo frammenti scomposti di immagini. I suoi jeans col primo bottone sbottonato, la leggera peluria castana intorno all'ombelico, l'ombra di un uomo rannicchiato alle sue spalle, le unghie curate di quell'uomo, la vecchia con la faccia affondata nel terriccio fangoso di sangue, Rommel disteso poco distante immobile e i seni di Luana che oscillavano tra gli alberi.

Punto di ritorno. Altri quattro cadaveri da sistemare. La giovinezza che ritorna.

9. Il mattino ha l'oro…

Il mattino ha l'oro in bocca. Era prestissimo, ma aveva dormito bene. Un sonno senza scosse. Tutto filato. Non si era spogliato. Non si era tolto nemmeno la giacca. L'ultimo messaggio, un foglio identico agli altri due, inutile da esaminare, gli era scivolato dalle mani via via che il sonno gli scivolava sulle palpebre. Se qualcuno era entrato a casa sua, se qualcuno aveva lasciato quel foglio in bella vista sulla mensola dell'ingresso, quel qualcuno non aveva brutte intenzioni. Non era minaccioso. Al contrario era una presenza gentile e calda. Gli aveva concesso un sonno da bambino. Senza turbamenti.

Da non credersi, Ruben Massei che si allea con un fantasma. Sorrise a questo pensiero. Gli sarebbe piaciuto un fantasma con le tette sode. Una di quelle che se ne vanno in giro in camicia da notte, con candelabri in mano. Si stiracchiò con un leggero ululato, un guaito da cane satollo. Avanzò verso il bagno. Aveva fame.

Al Commissariato il clima non era dei migliori. Gli sguardi in tralice di alcuni colleghi dimostravano che si era sparsa la voce, che era stato eletto all'unanimità responsabile della morte di Curcello. E la cosa paradossale era che forse non avevano tutti i torti. Diventava complicato rientrare nella routine quotidiana. Due vicini di casa che se le danno di santa ragione; una puttana che denuncia il suo pappa; una ragazza che accusa suo fratello di stupro; e ora anche un marocchino ridotto in fin di vita a Caracalla. Bene. Ci mancavano solo i marocchini. Poi tutto il resto. Un «resto» che stava diventando un «tutto». Un «poi» che stava diventando un «prima».

«Mi metto in malattia», pensò. «Sono malato», pensò. «Ho la malattia peggiore che può prendersi un poliziotto: confondere la sua vita con il lavoro. Doveva accadere prima o poi. C'era da aspettarselo. A furia di rimandare. Bella fregatura il sangue».

– Chiedo tre mesi di aspettativa, – disse quando il commissario Centi sembrò disposto ad ascoltarlo.

– Mi dà un gran sollievo...

Libero come l'aria. Con tutto il tempo a sua disposizione. Per curare la sua malattia.

La Centrale Telefonica era una specie di grande magazzino con sportelli tutti uguali. Mostrò il tesserino di riconoscimento all'impiegato delle informazioni. Segno dei tempi, perversioni della parità. Nemmeno piú le impiegate, ci mettono, alle informazioni.

– Ho bisogno di sapere quante telefonate e a che numeri sono state fatte da un apparecchio di Roma. È per un'indagine, – chiarí per dissipare qualunque dubbio.

L'uomo delle informazioni non staccò nemmeno lo sguardo dalla «Gazzetta dello Sport». Gli indicò una scala in fondo al salone. E poi l'ascensore sulla destra, e il terzo piano, e il corridoio sempre sulla destra e la terza porta sulla sinistra, questa volta. Banca dati abbonati. Bussare prima di entrare.

La Nasa. Una donna di mezza età lo squadrò dopo essersi aggiustata gli occhiali.

– Non si può entrare qui! – rimproverò senza preamboli. La luce verde del terminale che le stava di fronte le regalava un colorito da ramarro.

– Polizia, – si limitò a dire Ruben Massei esponendo il tesserino di riconoscimento. – Ho bisogno d'informazioni per un'indagine.

Il volto della donna non si scompose. Una scritta scorrevole sullo schermo le proiettava adesso in faccia una scia giallognola. – Il nome, – disse disponendo le mani sulla tastiera.

Il viso di Ruben si fece interrogativo. – Prego? – chiese sporgendosi leggermente oltre il bancone.

– A chi è intestato l'apparecchio che le interessa? – Una domanda che sapeva di rimprovero.

– Curcello… – Ma quasi non aveva finito di pronunciare quel cognome che già le dita inanellate della donna si erano messe in moto sulla tastiera.

– Assunta, Bernardo, Luigi, dott. Michele, Maria, Maria, Mario, Piero, Rosario, Zara, – lesse dallo schermo con voce piatta.

– Assunta, – confermò Ruben.

– Bene, che cosa le serve esattamente? – chiese la donna dopo un clic che aveva dato il via a un autentico sommovimento di scie gialle sul suo viso.

– Voglio sapere quante telefonate e a quali numeri sono state fatte da questo apparecchio diciamo nel 1993.

La donna sorrise. Continuò ad armeggiare sulla tastiera. Poi attese la lista protendendo le labbra sempre piú avanti. – Beh, visto che ci siamo le serve anche il numero di scarpe dell'abbonato? – chiese con un sarcasmo che denunciava piú stanchezza che cattiveria. – Non si può fare.

– Polizia, – ripeté Ruben con una punta d'imbarazzo. – Ispettore capo Massei. Per un'indagine di estrema importanza.

– Questo è un genere di controllo che forniamo, a pagamento, solo per quegli abbonati che ne fanno richiesta preventiva.

– Sarebbe a dire?

– Sarebbe a dire, ispettore capo, che se l'abbonato non ha richiesto la registrazione del traffico di linea del proprio apparecchio, non c'è modo di risalire alle chiamate di quell'apparecchio.

– E non rimane niente?

– Non nel nostro sistema, non siamo in America –. La donna aveva fretta di tornare alla sua tastiera. Si riposizionò gli occhiali sul naso con un gesto nervoso.

Ruben restò ancora qualche secondo a guardare le dita di lei che galleggiavano fra i tasti. Cominciò a martoriarsi il labbro.

– Sono spiacente, – disse la donna, ma aveva dato uno sgradevole tono di commiato alle sue parole.

Ruben si diresse alla porta con la circospezione di un cieco che non conosca l'ambiente che lo circonda. Stava infierendo sulla maniglia a bulbo quando si sentí chiamare.

– Ispettore? – La donna si era alzata dalla sedia pneumatica facendo leva sulle braccia. – Curcello Assunta, ha detto? – chiese quando lui si fu voltato.

Ruben tornò sui suoi passi. – Curcello Assunta, – confermò.

– Non so quanto le possa servire, ma qui mi dice che al numero corrispondente a questo abbonato è stato associato un DE. TE. WE. È per una contestazione sulla bolletta.

– Un?... – La perplessità sulla faccia di Ruben gli aveva fatto assumere un aspetto ridicolo.

Infatti la donna sorrise allargando la bocca. – Un DE. TE. WE. è un apparecchio che registra tutte le chiamate fatte dal numero dell'abbonato contestatario. Viene applicato al massimo per un mese e vale come una specie di estratto conto bancario, non so se mi spiego. Insomma, l'Azienda si tutela controllando il traffico di linea dell'abbonato con il quale ha un contenzioso, per dimostrare il suo trend. Appura quante telefonate sono state fatte in un certo lasso di tempo che poi viene assunto come media.

– E che periodo riguarderebbe questo controllo?

– Nel caso che le interessa il DE. TE. WE. è stato inserito dal 1° al 24 settembre 1993.

– E per quei giorni possiamo avere informazioni certe sulle chiamate? – chiese Ruben con la trepidazione di un bambino a cui fosse stato promesso un mese di vacanze dalla scuola.

– Informazioni certissime: apparecchio di destinazione, ora della chiamata, numero degli scatti. Persino le volte in cui viene staccato il ricevitore, – concluse la donna come se stesse pubblicizzando un prodotto.

La lista.

Ora non restava che controllare se effettivamente dall'apparecchio telefonico di Curcello fossero partite delle chiamate dirette a Isacco Ancona. Certo il periodo non era quello che aveva pensato, ma di fronte al nulla anche poco sembra molto. L'elenco telefonico dava sotto la voce Ancona dott. Isacco sei numeri di telefono. Due dell'appartamento in via di Ripetta. Uno dell'Ufficio Marketing FLOR (sic!) in Piazza Navona. Tre della FLOR Spa. Ingrosso fiori e piante.

Dal 1° al 24 settembre Curcello non aveva composto nessuno di questi numeri, non da casa sua. Poteva aver chiamato da una cabina pubblica. Non certo dal Commissariato. Poteva aver chiamato un numero non presente nell'elenco telefonico.

Prima cosa da fare: raggruppare i numeri uguali contenuti nel tabulato, capire quali fossero da scartare immediatamente e quali valesse la pena di controllare.

Sedersi, Ruben.

Fare liste.

Fogli da una parte, telefono dall'altra, tabulato al centro.

Individuato il gruppo di numeri uguali, si chiede l'intestatario al 12.

Al lavoro.

Dei quaranta numeri eseguiti, la maggior parte, otto, corrispondevano all'abbonato Curcello Rosario, un parente, scartare. Due volte, il 6 e il 7 settembre, Curcello aveva chiamato Daniele Foa, scartare (?) (perché da casa sua e non dal Commissariato?) Una chiamata a Ersilia Bonamici, scartare. Lavanderia La Rapida, una chiamata, scartare. Società del Gas, una chiamata, scartare. Una chiamata al 12, scartare. Due telefonate in Sicilia, scartare. Cinema Olimpia, una chiamata, scartare. Guardia Medica, una chiamata, scartare. Dott. Prof. Palmisani Ennio, Cardiologo, cinque chiamate, scartare. Una telefonata a Salvati Oreste, scartare. Tre telefonate a Pierro Luisa, scartare. Tre telefonate a Gattuso Faustina, scartare. Due telefonate alla Pizzeria Sacripante, scartare. Tre chiamate al Commissariato, scartare. Tre chiamate a Di Ligio Concetta, scartare. Una chiamata a Centi dottor Evaristo... controllare.

Le tempie di Ruben avevano preso a tamburare talmente forte che non sentí nemmeno lo squillo del telefono. Anzi quel suono gli sembrò il giusto commento musicale del suo smarrimento.

Cosí, quando si decise a sollevare la cornetta, la voce di Daniele pareva provenire da un altro mondo.

– Ti sei dimenticato di me? Ho chiamato al Commissariato e mi hanno detto che hai marcato visita, stai male veramente?

– Daniele? – chiese Ruben con la bocca impastata. – Ma che ore sono?

– Sono le tre e mezza passate...

– ...Il tempo di arrivare!

Questa volta non si lasciò sorprendere. La *kippah* finí sulla sua nuca senza sobbalzi. Il solito giovane spilungone che gliel'aveva consegnata lo guardò con un sorriso d'assenso, quando Ruben se la fu poggiata in capo.

Daniele era esattamente allo stesso posto dell'incontro precedente. Lo vide arrivare trafelato e gli fece un gesto con la mano.

– Allora, passata la sbornia? – Aveva l'abitudine di definire sbornie le alzate di testa.

Ruben tentò un atteggiamento contrito. – Ci sono rimasto male.

– Ascolta, Ruben, voglio fidarmi. Si tratta di una questione molto delicata –. Come al solito armeggiò nella sua ventiquattr'ore estraendone un foglio dattiloscritto. Mise il foglio voltato sulla parte bianca tra lui e il suo interlocutore. – Si tratta di aggressioni –. Disse quest'ultima parola come una metafora, come se servisse ad aggredire l'argomento, frantumando i preamboli. Come se da quel termine dipendesse il tono di tutto quello che sarebbe seguito. – Fatti che si è preferito non denunciare agli organi competenti, – chiarí dopo qualche secondo. – Nove... aggressioni, – per quanto si sforzasse gli veniva solo «aggressioni», – nel corso del 1993. Non fatti eclatanti, intendiamoci. Spesso semplici... intimidazioni. Ma tutte ai danni di membri della comunità ebraica. In alcuni casi si tratta di devastazioni: negozi messi a soqquadro, scritte antisemite sui muri. In altri si tratta di minacce verbali reiterate. In quattro casi di vere e proprie lesioni.

– E non avete mai denunciato niente...

Daniele Foa fece segno di no. – Non ti rendi conto. Siamo in una situazione in cui ci danneggia persino il filosemitismo.

– Ma quale filosemitismo! I delinquenti sono delinquenti! Se cominciate anche voi a fare scale di valori...

– Smetti di gridare, ti prego –. Daniele Foa si prese una pausa per pensare. – Non te ne ho parlato subito perché sapevo che l'avresti presa in questo modo. E avresti fatto fuoco e fiamme. Dopo le elezioni amministrative è stato un crescendo incontrollabile. Molti dei nostri ragazzi hanno paura di frequentare la sinagoga. Altri stanno prendendo una china che non piace per niente al consiglio. Ho incontrato Isacco Ancona per questo. Sua moglie aveva ricevuto delle minacce per lettera. Si era rivolta a me in quanto segretario della comunità, intendeva mettere a disposizione una quota del suo vitalizio per la formazione di una «squadra di difesa».

– Molto elegante «squadra di difesa». Piú elegante che «Polizia di Stato».

– Non vogliamo gorilla prezzolati e non vogliamo entrare nel vortice di una campagna stampa. «Squadra di difesa» significa professionisti seri, gente che sia in grado di scoraggiare aggressioni senza necessariamente ricorrere alla violenza. Non possiamo fidarci della «Polizia di Stato». Non sarebbe in grado di agire, non potrebbe proprio...

Ruben stava per ammettere che aveva ragione. Ma non lo fece. – La scomparsa di Luce Ancona è stata denunciata, però!

– Certo che è stata denunciata, Ruben! Non era una cosa di cui si potesse tacere...

– E quanto costerebbero questi «vigilantes»?

– Molti soldi.

Ruben lasciò che il sussurro si disperdesse nel vuoto della sinagoga, prima di parlare. – Vuoi che ti dica cosa penso? – Una domanda che pareva il ritorno dell'eco di un pensiero.

– Me lo dirai anche se non voglio.

– Quella donna è stata uccisa, questo penso.

Daniele Foa cominciò ad allisciare con nervosismo la superficie del banco. – Ho parlato anche di questo con Isacco Ancona. Ma lui rifiuta l'ipotesi. È qualcosa che non vuole nemmeno prendere in considerazione. È un uomo distrutto.

Ruben pensò alle parole di Curcello. E mai come in quel momento gli parvero vere. Le parole di un moribondo. Non ritenne opportuno informare Daniele dei presunti «affari» tra Curcello e Isacco Ancona. Invisibilità per invisibilità. Questo era un vantaggio che non poteva permettersi di perdere. – Hai fatto l'elenco delle «aggressioni»? – si limitò a chiedere dando un'occhiata al foglio dattiloscritto.

Daniele accennò di sí, continuando a guardarsi la mano che roteava sulla superficie del banco.

– E cosa dovrei farne, di grazia? Mi pare evidente che non sono nella lista dei «professionisti seri», – incalzò Ruben.

L'altro staccò la mano dal banco, con un gesto repentino se la portò al viso come se stesse spalmandosi della crema. – Non lo so, non lo so, vedi tu. Usala come meglio credi –. Stava per alzarsi. – Cerca di capirmi, Ruben, stiamo respirando un'aria non troppo piacevole. Un vento che si porta dietro puzza di fascismo.

– Un intuito alquanto grossolano, il vostro, se vi dice questo. Le prossime elezioni le vincono le sinistre, i progressisti, come si chiamano ora, – smorzò Ruben.

Daniele rise. Questa volta rise senza ritegno. – Dovrei abbracciarti per questo. Per averlo detto, intendo. Hai fatto una faccia, se ti fossi visto. Vorrei avere la tua stessa fiducia. Ma non sarà cosí. Scommetto che tu sei uno di quelli che non vogliono la televisione in casa.

– Sbagliato. Ce l'ho! Bella grande, a colori.

– Allora vuol dire che non hai abbastanza tempo per guardarla. Perché se la vedessi attentamente capiresti che ho ragione. E sentiresti con che toni si parla. Pare che potersi dichiarare razzisti sia una questione di democrazia.

– Che cosa c'entra l'odio razziale con la democrazia?

– Niente, ma pare che un paese dove non si possa dire impunemente «porci ebrei» e «sporchi negri» non sia un paese democratico.

– È quello che ci sta succedendo? – chiese Ruben con stupore. Il sorriso accondiscendente di Daniele Foa lo mise a disagio. – È strano che sia proprio io a fare questa parte, quella dell'ingenuo, intendo, in genere accusano me di buttare tutto in politica. Forse si tratta del fatto che non ne capisco molto di massimi sistemi... Io quando sento qualcosa che non mi piace, alla tivú, cambio canale...

– Mi chiedo come hai fatto a non guastarti in tutto questo tempo. Sono sincero. Dovremmo chiacchierare piú spesso di queste cose, noi due...

Mentre si recava verso l'uscita della sinagoga, lo spilungone barbuto gli corse dietro, come sempre, per timore che non restituisse lo zucchetto. Ruben lo anticipò togliendoselo prima che lui potesse raggiungerlo.

Tuttavia il giovane gli si accostò. Il suo sguardo denunciava un forte nervosismo. – Qualunque cosa ne possa pensare lei, non succederà un'altra volta! – sibilò a denti stretti. – Questa volta non saremo impreparati!

– Non è bello ascoltare i discorsi degli altri, – commentò Ruben tentando di dare un tono ironico a quella frase. Ma la gola era diventata improvvisamente secca. Cercò di guadagnare l'uscita velocemente.

Il giovane non sembrava molto colpito. – Questi sono tempi in cui l'educazione è soltanto un lusso! – gli gridò guardandolo sparire.

Date.

1993. 1 febbraio. 9 e 27 aprile. 11 maggio. 16 giugno. 4 settembre. 28 ottobre. 24 novembre. 7 dicembre.

Svastiche sulla vetrina di un antiquario. Automobile incendiata. Appartamento scassinato, nessun furto. Cane impiccato. Ragazza pesantemente insultata per strada. Donna scomparsa e irruzione alla sua villa. Cassetta postale incendiata. Pubblicazioni neonaziste nei distributori di un'agenzia di viaggi. Sassaiola contro le finestre di un'abitazione privata, leggere ferite all'anziana proprietaria.

Ricominciare da capo. Rivedere, ancora una volta, la lista fornita dalla Sip. Con calma, questa volta. Le meraviglie del DE. TE. WE.

Mercoledí, 1 settembre:

una chiamata al Dott. Prof. Palmisani Ennio, ore 8,22 - urbana - 2 scatti;

una chiamata in Sicilia Fam. Zummo Danilo, ore 9,15 - interurbana - 22 scatti;

l'apparecchio è stato staccato per quattro volte.

Giovedí, 2 settembre:

una chiamata al Dott. Prof. Palmisani Ennio, ore 8,11 - urbana - 1 scatto;

una chiamata a Curcello Rosario, ore 11,30 - urbana - 2 scatti;

il ricevitore è stato staccato per sette volte.

Sabato, 4 settembre:

una chiamata al servizio informazioni abbonati, 12, ore 11,48 - 5 scatti;

una chiamata a Oreste Salvati, ore 12,00 - urbana - 1 scatto;

una chiamata a Ersilia Bonamici, ore 12,04 - urbana - 1 scatto;

due chiamate a Curcello Rosario, ore 13,10 e 15,24 - urbana - 9 scatti complessivi;

ricevitore staccato due volte.

Lunedí, 6 settembre:

una chiamata al Dott. Prof. Palmisani Ennio, ore 8,55 - urbana - 1 scatto;

una chiamata a Daniele Foa, ore 13,30 - urbana - 2 scatti;

una chiamata alla Lavanderia La Rapida ore 17,07 - urbana - 1 scatto;

ricevitore staccato quattro volte.

Martedí, 7 settembre:

una chiamata a Daniele Foa, ore 13,45 - urbana - 1 scatto;

una chiamata a Di Ligio Concetta, ore 15,00 - urbana - 4 scatti;

una chiamata a Gattuso Faustina, ore 17,43 - urbana - 3 scatti;
una chiamata alla Pizzeria Sacripante, ore 21,12 - urbana - 1 scatto;
ricevitore staccato sette volte.

Domenica, 12 settembre:

una chiamata a Di Ligio Concetta, ore 14,16 - urbana - 5 scatti;
una chiamata in Sicilia Fam. Zummo, ore 18,45 - interurbana - 16 scatti;
due chiamate a Pierro Luisa, ore 20,00 e ore 20,16 - urbana - 10 scatti complessivi;
ricevitore staccato per dieci volte.

Lunedí, 13 settembre:

una chiamata alla Guardia Medica, ore 23,06 - urbana - 3 scatti;
ricevitore staccato per sei volte.

Martedí, 14 settembre:

una chiamata a Centi dott. Evaristo, ore 7,40 - urbana - 1 scatto;
una chiamata al Commissariato, ore 8,13 - urbana - 3 scatti;
una chiamata al Dott. Prof. Palmisani Ennio, ore 9,12 - urbana - 2 scatti;
altra chiamata al Commissariato, ore 11,09 - urbana - 5 scatti;
ultima chiamata al Commissariato, ore 17,55 - urbana - 3 scatti;
ricevitore staccato per tre volte.

Giovedí, 16 settembre:

una chiamata al Dott. Prof. Palmisani Ennio, ore 9,04 - urbana - 2 scatti;
ricevitore staccato per due volte.

Sabato, 18 settembre:

una chiamata a Di Ligio Concetta, ore 12,10 - urbana - 5 scatti;
una chiamata a Pierro Luisa, ore 13,45 - urbana - 7 scatti;
una chiamata a Gattuso Faustina, ore 18,35 - interurbana - 21 scatti;
il ricevitore è stato staccato per tredici volte.

Lunedí, 20 settembre:

una chiamata alla Società del Gas, ore 9,15 - urbana - 2 scatti;
ricevitore staccato per tre volte.

Giovedí, 23 settembre:

una chiamata a Gattuso Faustina, ore 10,05 - urbana - 6 scatti;
una chiamata al Cinema Olimpia, ore 20,00 - urbana - 1 scatto;
ricevitore staccato per dieci volte.

La vita in un tabulato. Appunti.

La vecchia soffre di cuore: è in costante contatto telefonico col cardiologo; Curcello telefona poco, la vecchia invece non disdegna di chiamare le sue amiche, telefona in Sicilia e ai parenti romani; la notte del 13 settembre ha un malore, il cardiologo viene immediatamente avvisato; viene avvisato anche il dottor Centi, probabilmente del fatto che Curcello resterà a casa per tutto il 14 settembre (pentirsi del sospetto infondato nei confronti del suo superiore: il senso di colpa si abbatté su Ruben); Curcello chiama Daniele Foa sempre verso l'ora di pranzo (resta l'interrogativo: perché non l'ha chiamato dal Commissariato?); il 4 settembre Curcello (o è la vecchia?) si mette in contatto con Salvati Oreste (?).

Tutto normale. Accidenti.

L'ispettore Pittalis gli fece il verso. – Eh, malato! Ma se non sei mai stato meglio in vita tua!

La scrivania non era stata risparmiata. Ma Ruben non se ne curò, era in aspettativa: se anche volevano portarsela a casa, la scrivania... – Invece non sto bene per niente, e a vedere la tua brutta faccia sto anche peggio. Ma fortunatamente mi fermo poco: il tempo di mettere due firme.

Burocrazia. Affrontarla di petto.

Le cartelle lasciate da Ruben in bell'ordine cercavano di respirare, sepolte da una massa scomposta di fogli. Come se, nei giorni in cui era stato assente, i colleghi si fossero divertiti a sedimentare pratiche su pratiche, le nuove sulle vecchie. Con un gesto della mano cercò di ricostruire un minimo di assetto su quello che era stato il suo piano di lavoro. Ma per abitudine. Senza astio. Fino a quando un ordine non fu recuperato, uno qualunque. Fino a quando i nomi scritti a pennarello sui dorsi delle cartelle non furono nuovamente leggibili.

Allora ebbe uno sbandamento.

Pittalis lo guardò come si guarda un cadavere. – Beh, che ti succede? – disse, andandogli incontro.

Ruben lo vide arrivare. – Coglione! – urlò. – Dammi un pugno in faccia, sono un vero coglione!

Col palmo della mano si era appoggiato a una delle cartelle, quella che portava il nome di Francesco Salvati.

Curcello aveva chiamato Oreste Salvati il 4 settembre, il padre di Francesco Salvati, noto come Franz. E Franz era scomparso proprio quel giorno.

1948 – agosto.

Avvolgeva la mano del bambino nella sua, che era grossa e scabrosa come una pagnotta appena sfornata. Traballavano all'unisono, in piedi nel filobus semivuoto che attraversava una città deserta come non si era mai vista. La mano dell'uomo cominciava a sudare leggermente. La mano del bambino scivolava dalla presa a ogni strattone del convoglio. Quando furono arrivati all'altezza di un viale alberato, l'uomo fece un cenno all'autista e si affrettò a scendere precedendo il bambino, per poi allungare le braccia verso di lui. Il bambino si sentí strappare verso il basso fino a toccare il suolo. Ora camminavano. Prima di raggiungere la stazione dei pullman c'erano ancora seicento metri da percorrere a piedi.

– Nun ce vojo annà! – disse d'improvviso il bambino allungando il passo per adeguarsi a quello dell'uomo.

L'uomo fece un'altra leggera pressione sulla sua mano. – Ricominciamo? – chiese. – Allora quello che ti dicono non conta niente per te? Ce sta papà tuo co' tte. Facciamo questa visita e poi se ne immo a ccasa. E vedi de parlà bbene... – Intanto una vecchia corriera con la scritta Rignano cominciò a ronzare, l'uomo capí che se non avesse afferrato il bambino e non l'avesse preso in braccio rischiavano di perderla.

Una volta sul pullman, il bambino s'impuntò. – Che vòle questo? – Aveva il tono doloroso di chi ha perso la battaglia con la propria mente.

L'uomo si voltò tendendogli la mano. – Nun te preoccupà, ce sta papà tuo... – ripeté tirandolo per il braccio.

L'edificio era in buone condizioni. Il giardino, sul quale pareva si fossero concentrati tutti gli sforzi di riassestamento, si presentava straordinariamente rigoglioso per un agosto cosí caldo. Fecero scrocchiare la ghiaia sotto i loro passi, prima di attraversare l'ingresso, dove campeggiava la scritta *Villa Salus* appena ritinta. Sulla destra, un'ala dell'edificio pareva tenuta in piedi da una serie di pali di legno che facevano l'effetto di un bastimento prima del varo.

L'andito odorava di disinfettante. Le volte altissime rivelavano rattoppi di cemento, qualcuno dei lastroni di marmo del pavimento faceva un cuneo sulla superficie piana, squarciato da una crepa che correva fino alla guardiola dell'accettazione. Oltre il vetro smerigliato con la scritta «Ricoveri» s'intravvedeva il copricapo inamidato di una suora.

L'uomo indicò al bambino una panca di ferro smaltato di bianco, poco distante dalla guardiola. Il bimbo andò a sedervisi sentendo dalle gambe il brivido della superficie fredda.

L'uomo cercò d'insinuare il testone in un pertugio aperto all'altezza del viso della suora, perché la sua voce non fosse schermata dal vetro spesso. Parlarono per qualche secondo, poi la religiosa uscí dalla guardiola e indicò una rampa di scale sulla sinistra. Sorridendo verso il bambino.

La stanza era buia. Odorava di disinfettante anch'essa.

E di vecchiaia. Qualcosa di sconosciuto all'olfatto del bambino.

Prima di entrare l'uomo gli assestò una manata sulla nuca per appianare i capelli ribelli. Poi lo spinse oltre la porta, nella penombra.

Il letto era disposto tra due finestroni occultati da tende di un rosso pesante.

Il bambino sbarrò gli occhi per vincere l'oscurità incipiente. Ora che il suo sguardo poteva vagare per la stanza, vide qualcosa che si muoveva fra le lenzuola.

Il vecchio, con la testa incassata fra due cuscini, aprí la bocca. Il bambino indietreggiò leggermente, si voltò per assicurarsi che il padre fosse sempre dietro di lui. C'era.

Una parvenza di mano, sorgendo dalla spuma bianca delle coperte, lo invitò ad avanzare.

Il bambino si voltò ancora. L'uomo, che non si era mosso dalla soglia, abbozzò un sorriso per incoraggiarlo a ubbidire.

Nel brevissimo spazio di quell'incertezza la parvenza di mano era diventata un arto ossuto.

Il numero, come una scritta a penna, faceva l'effetto di una vena impazzita nel biancore della pelle dell'avambraccio.

Intanto la mano scheletrica del vecchio era riuscita ad arrampicarsi sulla nuca del bambino. E quel numero bluastro campeggiava all'altezza del suo naso: poteva vederne la leggera profondità del tratto, come un solco sottile fatto con un punteruolo.

Non aveva paura. Improvvisamente il bambino smise di aver paura. Il suo giovane cuore si adattò alla tenerezza che il tocco del vecchio esprimeva. Le pupille del vecchio rotearono per un istante nello spazio cremoso dei bulbi bianchissimi. Ora la stanza pareva odorare di una fragranza sottile, una colonia profusa sul suo mento e sulle sue guance scavate. Ora le sue pupille scurissime si erano bloccate all'altezza di quelle del bambino.

– Che nome ti è stato dato? – chiese con una voce incredibilmente profonda.

L'uomo fece un passo verso il centro della stanza. – Dottò... – tentò. Ma il vecchio lo bloccò staccando la mano dalla nuca del bambino. L'uomo scattò al suo posto.

– Che nome ti è stato dato? – ripeté come se quell'interruzione non fosse avvenuta.

– Ma noi c'inginocchiamo, c'inchiniamo e rendiamo grazie al Re, al Re dei Re! – I fedeli abbassarono il capo all'unisono, mostrando le nuche coperte. Da una parte, nel corridoio che circondava la zona della preghiera, incuneato tra una colonna e la balaustra di legno, c'era Ruben. Per tutto il tempo della liturgia si era lasciato cullare dal ritmo lento del canto. Cercando di svuotare la testa. Poteva guardare in avanti, senza concentrarsi su niente in particolare. Il giovane spilungone l'aveva accolto con un sorriso. Forse almeno lui sapeva perché. Sapeva per quale motivo il corpo di Ruben si era portato fin lí. Ruben non avrebbe saputo spiegarlo. Non avrebbe voluto spiegarlo.

Daniele Foa era al suo posto. Facendo oscillare leggermente il capo si voltò a guardarlo.

Ruben fece uno scatto all'indietro, appiattendosi contro la colonna.

Trovandosi di fronte a qualcosa che lo fece tremare.

La lapide di marmo portava incisi i nomi delle vittime dell'Olocausto. I nomi di coloro che non erano piú tornati alla comunità. File sottili di lettere incise. Nomi incolonnati in ordine alfabetico.

Tra la quarta e la quinta colonna vide il suo nome: Massei Ruben. Suo padre. E altri che non conosceva, che non aveva mai sentito: Massei Servadio Elisa, Massei Davide, Massei Micol. Auschwitz 1943.

Senza riuscire a bloccare il tremito si accostò alla lapide. Ne sentí il freddo saggiandola con i polpastrelli. Attraversò quelle lettere come se al passaggio del suo dito potessero sparire. La madre? Un fratello, una sorella?

Strinse le palpebre per frenare il tremore delle labbra. Un padre, il suo stesso nome.

Oltre il frastuono del suo petto poteva percepire il brusio compatto della preghiera.

Cosí provò a pensare alla sua vita, a quello che aveva significato fino ad allora. Forse era stato solo un continuo rimandare; un sottrarre le mani ogniqualvolta quella certezza poteva essere afferrata. Come se quei nomi fossero i destinatari di una spiegazione da sempre differita. E ora erano lí, scolpiti sul marmo. Muti, ma privi di rassegnazione. *Ricordati che un soffio è la mia vita, non tornerà l'occhio mio a vedere il bene; non mi scorgerà occhio umano; gli occhi tuoi saranno su di me e io non sarò piú...* Ecco, i suoi occhi erano su di loro, ed essi non erano piú.

Ricordando quel messaggio fece uno scatto indietro. Come se improvvisamente la superficie lucida della lapide si fosse messa a bollire.

I suoi occhi erano su di loro ed essi non erano piú!

Strappandosi la *kippah* dalla nuca cercò, per l'ennesima volta, di guadagnare l'uscita nel piú breve tempo possibile. Cercò di respirare.

Salire in macchina era stata una specie di trasmigrazione. Un tutt'uno del pensiero e dell'azione. A tal punto che ancora non sapeva dove si sarebbe diretto.

Lo capí mentre era già in marcia.

E capí una serie straziante di cose. Che niente sarebbe stato piú uguale. Che niente, da quel momento in poi, avrebbe avuto un significato, se non avesse fatto ciò che andava fatto. La sua resa. Quella lapide, quel dito che sfiorava i nomi sul marmo, nel marmo, come il suo viso di bambino aveva sfiorato la cassa toracica del nonno. E quel numero segnato sulla sua carne che lui gli aveva lasciato toccare. E le lacrime del vecchio quando il bambino l'aveva toccato.

E le parole del giovane alla sinagoga: «Questa volta non saremo impreparati!»

E quei titoli: «I fatti di Berlino?»… «Ormai all'Olocausto ci credono solo gli ebrei!»… «Una pacifica manifestazione di Arianità!»

Poi i cinquantun'anni di Ruben: finzione, prove generali. Ruben che si nasconde nei luoghi bui, che fa dondolare il busto, seduto sul letto, nelle notti di panico. Ce n'erano state di quelle notti!

Ancora. Quei messaggi, scritti dalla mano di quell'adolescente che lui non era mai riuscito a essere. Inviati a quell'uomo che lui si trovava a essere, per un puro incidente, perché gli anni erano passati… Niente avrebbe avuto significato se non avesse fatto quello che andava fatto. A costo di scoprire che questa decisione l'avrebbe lasciato privo di un appiglio per il resto della sua vita. Per quanta ne fosse restata.

Se solo fosse riuscito a ricostruire una verità di menzogne. Come prima.

Cosí si trovò in direzione del Trionfale. Trionfante di caseggiati pullulanti.

Il quartiere era quello giusto. L'indirizzo corrispondeva a quello che si era appuntato direttamente dal fascicolo della segnalazione di scomparsa. Il palazzo era quello in fondo, incuneato tra l'asilo nido e i locali di un centro commerciale mai aperto. La scala era quella contrassegnata dalla lettera D. L'appartamento era quello di Oreste Salvati.

Il campanello aveva un suono sgradevole. Dopo qualche secondo, Ruben si trovò davanti una donna magrissima. Prima che lui potesse aprire bocca fu investito dallo sguardo terrorizzato di lei. – Francesco! – articolò artigliandosi la vestaglia all'altezza delle cosce.

Ruben alzò le braccia come se fosse minacciato da un'arma. Nella mano destra brandiva il tesserino di riconoscimento. – Ruben Massei, ispettore capo della Squadra Mobile. Non si preoccupi, – disse, – non porto cattive notizie. Anzi speravo di averne qualcuna da voi.

La donna ebbe uno sbuffo di sollievo. – Non dormo piú, – disse. – Almeno si facesse vivo, senza lasciarci in questa angustia! Non si fa vivo, – ribadí.

– Suo marito è in casa?

La donna fece cenno di no. – Ma non può dirvi niente piú di me –. La sua voce aveva assunto un tono gelido. – Non abbiamo notizie di Francesco da settembre dell'anno passato, – riprese. Poi, accorgendosi che Ruben era rimasto fermo sulla soglia, si fece di lato perché avanzasse verso l'interno dell'appartamento.

– Ho bisogno di qualche informazione, – disse all'improvviso Ruben seguendo la donna in un salottino.

– Vuol sedersi? – chiese lei.

– Se non le dispiace resto in piedi, – rispose. Era distratto dal numero impressionante di ninnoli che affollavano ogni mobile di cui era stipata la stanza.

La donna alzò le spalle come a dire che per lei non faceva differenza.

– Vorrei che controllasse questo elenco –. Ruben le allungò la pagina del tabulato del DE. TE. WE. riguardante le chiamate del 4 settembre 1993.

La donna se lo avvicinò agli occhi dopo averlo afferrato con ansia. Poi si arrese. – Non vedo niente senza occhiali! – disse appoggiando il foglio al bracciolo di una poltrona per avviarsi verso un'altra stanza.

Rimasto solo, Ruben ebbe il coraggio di guardarsi attorno. Nonostante tutto la stanza era pulitissima. Una piccola libreria esponeva vecchie enciclopedie per ragazzi. Una portafinestra dava su un balconcino ricolmo di ortensie. Tutta quella normalità metteva pace e ansia allo stesso tempo.

La donna tornò con indosso un paio di occhiali dalla montatura maschile senza la stanghetta sinistra. – L'ho fatta aspettare, non riuscivo a trovarli, – si scusò.

Durante la lettura il volto della donna assunse uno sguardo sorpreso.

– C'è qualcosa che l'ha colpita? – chiese Ruben. E quasi stava per puntare l'indice sul nome del marito, tanto era ansioso di sentirsi dare quella risposta.

Ma lei, piú che sorpresa, sembrava ora perplessa. – Mia madre, – disse semplicemente. – Che c'entra mia madre? – chiese aggressivamente sventolando il tabulato.

Nello sguardo di Ruben si disegnò lo stupore piú assoluto. – Sua madre è presente in quella lista? – chiese a sua volta. – È un elenco di chiamate fatte il 4 settembre del 1993, – tentò di spiegare, ma la donna non sembrava piú in grado di accettare spiegazioni.

– Bonamici Ersilia è mia madre! Ma mia madre è morta tre anni fa! Ci sarà un errore.

– Stia calma, – disse Ruben, ma anche la sua voce si era fatta concitata. – Che lei sappia il telefono di sua madre è ancora attivo?

La donna fece una specie di sorriso. Abbassò le palpebre e annuí in un gesto di rilassatezza. – Chiunque abbia fatto questo numero non voleva parlare con mia madre, ispettore, voleva parlare con Francesco, è lui che abita a casa sua, ora, – disse con calma.

Il pavimento si aprí sotto ai piedi di Ruben. Come non pensarci! Il telefono intestato alla vecchia proprietaria!

– Lei non ricorda di aver ricevuto una chiamata da uno sconosciuto che cercava suo figlio, qualcuno che ha chiesto il suo numero?

– Qualcuno che non l'aveva trovato sull'elenco telefonico, – completò la donna. – È successo qualche volta, forse anche il 4 settembre, – aggiunse con un sussulto. Quella data la metteva in agitazione. – Ma non si presentavano mai, – disse riprendendo il controllo.

– Non vorrei approfittare della sua gentilezza. Lei mi è stata molto utile, la ringrazio.

Ruben le tese la mano prima di avviarsi verso l'uscita e lei si lasciò scuotere passivamente da quella stretta. Tentò invano di precederlo per aprirgli la porta.

– Mi chiedevo se suo marito ricordasse qualcosa... – disse improvvisamente l'ispettore quando era già fuori dall'appartamento.

La donna, che aveva quasi chiuso la porta, la riaprí. Il suo sguardo si era fatto scettico. – Mio marito, a chi voleva parlare con Francesco, gli sbatteva il telefono in faccia. Per lui nostro figlio è scomparso da molto tempo, ispettore.

Ruben Massei si sorprese a pensare che l'atteggiamento di quel padre aveva tutta la sua approvazione.

La donna scosse il capo come leggendogli il pensiero. – Non è uno stinco di santo, ma è mio figlio. Trovatelo, ispettore! – disse chiudendo la porta.

Ora sapeva.

Di nuovo in macchina, provò a riassumere gli elementi che aveva messo insieme. Sapeva che c'era un collegamento tra Curcello e Isacco Ancona, ma soprattutto sapeva che c'era un collegamento tra Curcello e Francesco Salvati, Franz. Scomparso. Non sarebbe stato facile mettere in relazione questi nomi. Il commissario Centi sarebbe stato disposto ad accettare un collega «corrotto», ma l'ipotesi di un coinvolgimento di Isacco Ancona non sarebbe mai passata. Tanto piú alla luce del fatto che il collega corrotto si era tolto la vita dopo aver tentato di ricattare Isacco Ancona.

Il medico legale si diceva certo del suicidio. Non aveva ritenuto necessaria l'autopsia. Ma si era trattato di suicidio?

«Non hai scoperto un bel niente, Ruben!» gli disse una voce dentro di sé. Cosí stavano le cose: non aveva scoperto un bel niente. Una telefonata di Curcello. Certo. Sarebbe servita solo a rafforzare l'ipotesi che l'ispettore della Scientifica aveva giocato sporco. Fine.

I cacciatori erano scoraggiati, ma il cane da posta non abbandonava il suo assetto. Per motivi che non poteva spiegare, che non avevano niente a che fare con la logica, non riusciva ad abbandonare l'assetto. Un povero vecchio ispettore cocciuto.

Ancora una volta.

Curcello vorrebbe chiamare Francesco Salvati il 4 settembre. Ma non ha il suo numero di telefono. Prova col 12, ma l'apparecchio è intestato alla nonna, morta qualche anno prima, della quale Franz occupa l'appartamento. Questo Curcello non può saperlo. Probabilmente non l'ha nemmeno mai visto in faccia, Franz.

«Supponi, Ruben. Supponi che Curcello sia il tramite fra la testa e le mani di un'organizzazione piú vasta. Supponi che qualcuno stia cercando di spillare alla comunità ebraica un mucchio di soldi per mettere su una squadra di vigilantes, approfittando del momento problematico che quella comunità sta attraversando. Supponi che quelli che compiono le intimidazioni siano gli stessi che si offrono come difensori. Supponi che Isacco Ancona e Daniele Foa... Lascia perdere! È troppo assurdo».

Si rese conto di aver superato da tempo la svolta per arrivare in via Carlo Porta e di aver imboccato la circonvallazione Gianicolense. Accostò verso il bordo del marciapiede senza mettere la freccia. Una ragazza in motorino fu costretta a frenare bruscamente. Senza troppi complimenti lo apostrofò con tutti gli epiteti del caso. Ruben le diede solo un'occhiata di sguincio, senza preoccuparsi piú di tanto. Il riscaldamento, all'interno dell'abitacolo, emanava calore e ronzio.

Restò immobile, con le mani appoggiate al volante, desiderando che cessasse il turbinio dei pensieri.

Niente da fare.

Aprí il finestrino per far entrare un po' di aria fresca.

La sua visita a Curcello aveva spezzato un equilibrio. Certo, era stato quello il punto di rottura. Curcello si era spaventato. Spaventato. Lo aveva guardato con gli occhi di una bestia che viene condotta al macello. Forse aveva pensato che lui sapesse di piú di quanto diceva di sapere. Ma il terrore era durato giusto il tempo di calmarsi. Poi si era mosso. Aveva chiamato qualcuno. Era scattata una denuncia. Isacco Ancona l'aveva denunciato. Cosí Curcello aveva deciso d'impiccarsi. Perché? Perché non dire tutto a quel punto? Cosa può essere piú feroce, piú terribile che darsi la morte? Cos'era tutta questa fretta di suicidarsi? Tutta questa fretta di confessare?

Magari solo buon vecchio senso di colpa. Una spiegazione che galleggiava, che si rifiutava di andare in profondità.

Ruben non riusciva a togliersi questo pensiero dalla testa. Quando uno ha deciso di suicidarsi, ha deciso che non ha piú niente da perdere. A meno che... Calma!

Isacco Ancona e Daniele Foa... No, troppo assurdo!

Girando la chiave del motorino di avviamento gli venne in mente che era passata una settimana da quando Curcello si era suicidato.

1946 – dicembre.

– Non spingete, per favore –. La donna oltre il tavolo aveva una voce monocorde.

L'Ufficio ASSISTENZA E PRATICHE DI RICONOSCIMENTO era stato ricavato nei locali di una libreria. Lo stanzone aveva l'aria di essere appena emerso dalle macerie. Gli scaffali vuoti davano un senso di desolazione.

– Spizzichino Aronne! – ripeteva un uomo minuto. Aveva indosso un grosso cappotto di qualche taglia superiore alla sua.

La donna oltre il tavolo scorse una sorta di libro-giornale:
– Non risulta nell'elenco dei deportati, – disse tentando di non guardare l'uomo.

– Che cosa significa? – domandò lui. Le mani avevano

116

preso a tremargli. – Come sarebbe? Sono stato arrestato nel 1943.

– È nato a Roma? È stato prelevato dalla sua abitazione? – chiese la donna, che aveva aggiunto il suo nome in un elenco a parte, dopo aver inumidito, con la saliva, la punta della matita.

– No, – disse l'uomo con la voce che andava spegnendosi. Il tremore delle sue mani si era fatto convulso. – Sono stato prelevato da una tipografia clandestina...

– Ha richiesto i documenti anagrafici al Municipio?

L'uomo si frugò nelle tasche del cappotto. – Ho qui il certificato di ricovero, – tentò. – Sono stato degente per quattro mesi in un ospedale tedesco...

Luigi smise di ascoltare. Strinse con trasporto il plico che determinava, senza ombra di dubbio, la sua identità. Provò a farsi qualche domanda. «In che periodo è stato deportato?» «Non sono stato deportato», si rispose. E si raccontò la storia amara. «Eravamo sepolti in cantina, i miei genitori e mia sorella sono stati trucidati da quattro sbandati della milizia fascista. Una spiata». Provò un tono diverso, come una frase che non voleva scaturire. Ripeté con soddisfazione: «Una spiata». Riprovò fra sé e sé con voce rotta. «Mi sono salvato per caso, non ero con loro...»

– Non lo so, non lo so! – aveva cominciato a urlare l'uomo, distogliendo Luigi dai suoi pensieri. – Cosa volete che ne sappia! La mia casa non esiste piú! Dove vado? I documenti? Certo che ero in un ospedale! Non lo so, non ricordo! – Era uscito dalla fila rivolgendosi direttamente alla gente in attesa come lui. Tentando di liberare l'avambraccio dalla pesante manica del cappotto gesticolava a scatti. – Ecco, – diceva esponendo il braccio marchiato, – questo lo so per certo!

La donna oltre il tavolo si sforzò di sorridere. Era talmente stanca che non riusciva nemmeno ad alzarsi. Due ragazzi andarono incontro al vecchio. Lo invitarono a seguirli in un'altra stanza. Un invito gentile, ma tanto bastò a farlo tacere. Si lasciò andare alla presa tenace dei giovani.

– Lo so cosa pensate, – disse all'improvviso con un filo di voce. – Lo so cosa pensate tutti! – Ma la sua voce, troppo debole, svaní oltre la porta.

Intanto la signora che precedeva Luigi nella fila aveva dato le sue generalità. Cercava suo figlio. – Terracina Erio? – chiese implorante.

La donna oltre il tavolo si morsicò il labbro inferiore. Col dito indice seguiva le liste tracciate, con scrittura minutissima, nel suo libro-giornale. Iniziò con un gesto che doveva valere da avvertimento. L'indice si era fermato sul nome: Terracina Erio, 11 anni. Facendo una traiettoria orizzontale il dito giunse al bordo del foglio dove una scritta rossa diceva: San Sabba. Si schiarí la voce: – San Sabba, – recitò.

La signora parve avere un attimo di titubanza. Quello che aveva temuto, quello che l'aveva trattenuta per mesi dal dirigersi verso l'ufficio ASSISTENZA E PRATICHE DI RICONOSCIMENTO, quello che le aveva impedito di dormire per tutto quel tempo, ora aveva un nome. Spalancò la bocca come se le occorresse tutta l'aria disponibile per dire tutto quello che stava per dire. Ma non disse nulla. Si spostò verso destra per permettere al ragazzino dietro di lei di avanzare verso il tavolo.

Luigi fece un passo avanti guardando in direzione della signora che usciva. Dalla tasca interna della sua giacca estrasse i documenti di riconoscimento. – Ancona Isacco, – disse con la voce garrula di un bambino che diventa uomo.

La sua mano, ancora una volta. Una vecchia pagnotta vizza. Una focaccia dimenticata nella dispensa, indurita e seccata dal tempo.

Ruben fissò lo sguardo sulle macchie scure della pelle come coloriture brunite della cottura a legna. E sulle falangi nodose che un tempo potevano solo immaginarsi immerse nella gommosità dell'arto.

– Come stai oggi? – Ruben si accostò all'orecchio del «padre» perché la sua voce gli arrivasse direttamente.

Il vecchio fece un movimento con le spalle. – Te vedo sciupato, – disse quasi senza articolare.

– Papà, – scherzò Ruben, – non si può dire «sciupato» a un uomo di cinquant'anni, tutt'al piú si dice «stanco».

– Te vedo stanco! – ripeté l'uomo arcuando le labbra.

Ruben spianò la sua mano continuando ad accarezzarla. – Sono stanco, – confermò. Poi si guardò intorno. – Hanno cambiato le tende, – disse.

Il vecchio si voltò automaticamente verso la finestra.

– Sai, – incalzò Ruben, – qualche giorno fa mi sono trovato a pensare alla prima volta che sono venuto in questo posto. Ti ricordi? Siamo venuti col tramvai per conoscere il nonno... l'altro. È tutto come allora, qua fuori, il giardino, voglio dire.

Il vecchio cercò di mettersi a sedere sul letto. – E te nun

ce volevi vení! – puntualizzò il padre. – Te stavi a cagà sotto –. Questo ricordo lo fece ridere.

– Certo che avevo paura. Una paura matta.

– Me strignevi 'a mano come fai mo'!

– E tu dicevi «ce stà papà tuo!» Ma poi sei rimasto davanti alla porta e non avevi il coraggio di avanzare. Avevi paura anche tu.

– Eh! – fece spallucce il padre. – Che magari te n'annavi.

La bocca di Ruben si allargò in un sorriso ampio: – E 'ndo annavo? – domandò scuotendo il capo.

Calò il silenzio.

Il padre cominciò a spianare il risvolto del lenzuolo con la mano aperta. – Che c'hai fijo mio? – chiese a bruciapelo, spezzando il filo di mutismo che secondi di sguardi avevano tessuto fra lui e suo figlio.

– E cche ne sò! – sbottò senza aggressività Ruben. – Sarà che sto invecchiando. C'ho un periodo che le cose nun me svòrtano.

– È cosí che ha da succede, te lo dice papà tuo, che c'ha un piede de là! Se ritorna come dei ragazzetti alla tua età, e se sta come tu stai mo'. Poi, all'età mia, se passa tutto er tempo a diventà bambini. Apri quel cassetto! – Ruben fu come risvegliato da quell'ordine dato con dolcezza. Obbedí. Il cassetto era pieno di caramelle. – Che c'è? – indagò il vecchio allungando una mano per ricevere una delle caramelle. Ruben la scelse a caso. – Me le so' fatte comprà d'aa monaca, co' li sordi mia, – provò a spiegare, quasi a giustificarsi.

Ruben fece un sorriso leggero, tanto perché fosse chiaro che non c'era bisogno di alcuna giustificazione. – Che c'è... – ripeté all'improvviso a se stesso come se la domanda del padre gli fosse arrivata alle orecchie solo in quel momento. – ...Te l'ho ddetto. Ce so' delle cose strane. Che ne so. Non riesco a concentrarmi. Il bello è che magari hanno ragione loro. Che sto cercando qualcosa che non esiste.

– Sei sempre stato testone –. Il vecchio s'introdusse con semplicità nel flusso sconnesso del discorso di Ruben. – Nun sarà che te vojono fregà? Io ce lo so come sei fatto. Ce lo so bbene –. Ruben non riuscí a trattenere un moto di gratitudine per l'unica persona al mondo che aveva un'opinione abbastanza alta di lui da dargli ragione su qualcosa che egli stesso non sapeva spiegarsi. – Si te vojono confonne me significa che c'hai raggione. E te fai il testone: nun te lassà confonne.

Fuori dalla Casa di riposo *Villa Salus*, si sentí meglio.

Il tempo scorreva in forma di palazzi sbavati fuori dall'automobile. Oltre i finestrini tutta la realtà stava perdendo consistenza. Accelerò. Verso Roma.

Il pomeriggio prometteva un'altra scarica di pioggia di lí a poco.

Ora le strade della prima periferia del paese erano circondate da un'amalgama grigia. Come una colata di cemento sul paesaggio. E Ruben attraversava una provinciale che scivolava come una biscia tra le rocce arse. E la strada percorsa almeno una volta alla settimana divenne improvvisamente sconosciuta. Una mulattiera conquistata sui costoni di rocce a strapiombo. Poi il vuoto. Una carrozzabile ingombra di macerie fumanti. Il curvone d'uscita divenne la rotaia inclinata di un ottovolante. La forza centrifuga lo costrinse a stringere il volante e a premere il busto contro la spalliera del suo sedile. Come si fa sulle barche a vela per bilanciarne l'inclinazione.

Schiacciò il freno con un gesto automatico del piede.

Fu investito da un caos privo di senso. Qualcosa che aveva a che fare con i colori, con i rumori, con le voci. Provò ad alleggerire il rinculo sterzando con forza verso il ciglio della strada. Tutta la parte posteriore dell'auto sembrò vivere di vita propria, refrattaria a qualunque comando del guidatore. Si trovò col muso piantato in una piazzola sterrata, davanti a un cancello. Tutto ciò che aveva percepito come caos si trasformava lentamente in suono. Suoni di clacson, stridori di frenate, insulti urlati a squarciagola contro di lui. E il paesaggio riprendeva ad avere una forma. Palazzi, piccoli condomini, villette dei primi del Novecento. Ecco alberi, il cavalcavia a qualche centinaio di metri, l'insegna del bar, il cancello della villa davanti a sé, il palazzo grigio qualche metro piú in là.

Sollevò le mani come si fa sotto la minaccia di un'arma. Forse poteva sembrare una scusa. E il tempo riprese a scorrere. Auto che sfrecciavano, altre che riprendevano la marcia. Nessuno che gli avesse chiesto se stesse male. Bastava l'insulto. Bastava controllare l'orologio per scoprire che non aveva senso nemmeno stare a bestemmiare piú di tanto. Quel coglione che si è fermato in mezzo alla strada e per un pelo non ha generato un tamponamento a catena. Roba da chiodi. Roba che quando succedono gli incidenti è sempre per qualche stronzo che non sa portare la macchina. Cazzo.

Eppure tutto quell'insultare, tutto quel frenare lasciando striature nere sull'asfalto, tutto quel domandare, urlando, dove cavolo avesse preso la patente, erano cose che Ruben non percepiva nemmeno. Non ora che i suoi occhi si erano appuntati sul ragazzo.

La placchetta di ceramica sul muro di cinta diceva VILLA ANCONA.

E c'era un ragazzo oltre il cancello.

Ruben scese dall'auto e si accostò all'inferriata. Allungò la mano immergendola nello spazio fra due sbarre. Fece un cenno alla figura che stava in piedi oltre le siepi. Provò ad aprire il cancello senza successo. Pensò di scavalcarlo. Cosí sollevò lo sguardo per stabilire se l'altezza era alla sua portata. Lo sforzo lo fece ansimare. La delusione lo riportò alla realtà. E la realtà era che non sarebbe riuscito a scavalcare nemmeno un cancello molto piú basso di quello.

Il ragazzo pareva non accorgersi dei suoi sforzi. Restava immobile, parzialmente occultato dalle piante. Era spettinato. Questo poteva vederlo, nonostante la distanza.

Provò a chiamare. Non ottenne risposta. Indietreggiò verso la macchina senza voltarsi. Ma, in una frazione di tempo che lui non sarebbe stato in grado di quantificare, il ragazzo era sparito. Il tempo di un battito di ciglia, forse.

«Valle a raccontare, queste cose, Ruben. Diranno che sei malato. Diranno che hai chiuso. Che ti sei bevuto il cervello».

A casa si sentí meglio. Poté esaminare con calma la situazione. La parola d'ordine era: non lasciarsi confondere. Abbassò le palpebre appoggiando la nuca alla spalliera della poltrona. Silenzio. Passività. Non rilassatezza. Ma calma. E quel boato nel cervello. Quello che sentiva in quel momento non aveva niente a che fare con tutto ciò che era stato. E quell'«era» pesava sul petto, perché significava fine. Quasi un ordine: «che prima o poi riprenda coscienza e sappia quanto ha mentito». Cominciò a pensare cose che in tempi migliori non avrebbe neppure immaginato. Nei tempi del desiderio, nei tempi delle certezze. Quando persino il nemico – la controparte, si diceva – era un'entità precisa. Quando sembrava inutile, forse sciocco, ripetere certe parole e certi concetti. Troppa fiducia: «Resistenza», «Antifascismo», «Democrazia»... Mica si poteva fare il poliziotto per tutta la vita con queste idee che vagavano per la testa. Mica si poteva continuare a metterle a dormire come bambini irrequieti. Le parole non dormono, non riposano. Le idee esigono una cura costante, a dispetto di tutto, a dispetto del pudore. Perché era solo per pudore che si davano per scontate, per la vergogna di fare la figura di chi non vuole procedere. Di chi vuole restare attaccato al passato. Contro il nuovo. Avanti, vengano avanti queste novità. Chi era lui per fermarle. Scaldato dalla fiducia. Dalla luminosità di un'idea forte. Salvo scoprire che a furia di fiducia, a furia di dare tutto per scontato, l'idea si indeboliva, trascurata, sacrificata. Le idee, le parole, come figli. Trascurate diventano deboli, sfuggono persino al loro significato. Resistenza, Democrazia, Antifascismo. Che attraversano in cinquant'anni la parabola che va dai sinonimi ai contrari. Perché i contrari hanno vegliato: troppo grossolani per «dare per scontato». Nessuno sconto. La Resistenza è stata solo una Guerra Civile. L'Antifascismo è solo un Alibi, uno strumento di potere, vuota retorica. Democrazia, siamo al punto, la novità di tornare indietro, la forza dell'apparenza e la debolezza, l'esiguità, della sostanza. La Libertà di dare un calcio in culo alla Storia.

Ecco la cultura del silenzio. Il risultato perverso dell'oblio. Delle coscienze come soffitte.

Allevare i figli illudendosi di dare quanto è sufficiente, per il solo motivo di esistere e avere una storia. Convinti che questo basti. Convinti che dal dimenticatoio possano scaturire, per forza propria, significati. Poi guardarli in faccia, questi figli, e sbarrare gli occhi quando vanno in giro a vendere la testa al migliore offerente.

Compagni, come lui, ai quali nessuna spiegazione è dovuta. Perché un'idea è per sempre.

Parole come le sue puttane. Svelte ed esperte. Senza complicazioni. Senza spiegazioni. Pagare e scopare.

Parole come la sua casa. Linda e impersonale.

Parole come la sua razza. Pronta a reclamare un affetto troppo a lungo negato. O solo un ragionamento. O solo un attimo di riflessione.

O solo un gesto.

Parole come la sua famiglia, sterminata e ritrovata. Troppo tardi.

Il campanello lo fece sobbalzare sulla sua poltrona. – Chi è? – urlò mettendosi in piedi.

Dall'esterno nessuna risposta. Chinando la testa inserí lo sguardo nel tunnel dello spioncino. Il giovane della sinagoga aspettava. Aveva il viso asimmetrico, come ripreso da un grandangolare.

– Chi è? – ripeté posando la mano sulla maniglia della porta.

– Apra, – si limitò a rispondere l'altro. – Apra, per cortesia!

Aprí. Forse anche per cortesia.

Il giovane sembrava diverso, fuori dal suo ambiente. La sua altezza, la sua magrezza diventavano improbabili, enfatizzate dallo spazio domestico. Era un corpo per il tempio, per le volte a botte, per le cupole.

Concentrato in questi pensieri, Ruben era rimasto davanti all'uscio.

– Posso entrare? – chiese il giovane.

Ruben scattò di lato, rendendosi conto solo in quel momento che aveva ostruito l'ingresso.

Il giovane entrò. Si guardò intorno. Posò sul tavolo del soggiorno una spessa cartella, di quelle da ufficio col bottone automatico.

Ruben attese che prendesse confidenza con lo spazio circostante. – Abbiamo il giovane guerriero, – ironizzò, riprendendo il controllo di sé.

Lo spilungone non pareva divertirsi molto. – C'è qualcosa che deve sapere, – comunicò seccamente, andando al sodo.

Ruben non fece una piega. – A che proposito? – chiese.

– A proposito di un'organizzazione chiamata *Soluzione Finale* –. Disse le ultime due parole con un leggero tremito della voce. – Un nome niente male, non trova?

– Una bella scelta, – approvò Ruben.

– Già, fa venire i brividi solo a ripeterla.

– 20 gennaio... Io me la ripeto tutti gli anni.

Il giovane lo guardò perplesso.

– Il mio compleanno, – spiegò Ruben, – 20 gennaio 1943. Ma lasciamo andare i festeggiamenti, che cosa dovrei sapere a proposito di questa organizzazione?

– Innanzitutto che esiste. Il dottor Foa non le ha detto tutto sulle aggressioni. Non le ha detto, per esempio, che ogni volta abbiamo trovato questo, – disse il giovane allungando un messaggio battuto a macchina.

Ruben lo lesse velocemente. Poche righe: «È successo una volta, potrebbe ancora succedere!» La parte inferiore del foglio era occupata da un disegno infantile che rappresentava una piccola folla condotta in un corridoio di filo spinato. Ancora piú in basso la firma, in uno stampatello incerto: SOLUZIONE FINALE.

– Portatelo alla polizia! – sibilò Ruben restituendo il foglio al giovane che non aveva smesso di fissarlo.

– Niente polizia! Questo è certo, – lo aggredí l'altro frugando nella sua cartella. – Niente polizia! – ripeté estraendone tre fotocopie.

La prima era la riproduzione di una vecchia fotografia. Si vedeva quella che poteva sembrare una famiglia: un uomo, un tipo corpulento, avvolgeva col braccio le spalle di una donna minuta. Fra loro un bambino di dieci anni al massimo. Lo sguardo del bambino colpí Ruben come una scossa elettrica. Eppure poteva giurare di non averlo mai visto. Via via che gli occhi si fissavano sull'immagine apparivano nuovi particolari: la camicia nera dell'uomo, l'abito dimesso della donna, i calzoni sformati del bambino. Poi l'avambraccio muscoloso e l'ombra della barba sulla mascella dell'uomo; il viso diffidente, leggermente truccato della donna; le mani del bambino: quella destra affondata nella tasca corrispondente e quella sinistra che circondava il fianco smilzo. E ancora, l'inferriata sullo sfondo. Le piante che rigurgitavano dal muro di cinta. La porzione di una targa di ceramica sul lato sinistro della fotografia.

La seconda riproduzione lo fece tremare. Due bambini, stavolta. A sinistra lo stesso dell'immagine precedente, stessa posizione con la mano che avvolgeva il fianco, stesso sguardo, stessi abiti. Alla sua destra...

La vista di Ruben si annebbiò per un istante. La realtà si trasformò in un'apoteosi di scintille. Anche il giovane della sinagoga scomparve per un tempo interminabile dal suo campo visivo.

Si sfregò gli occhi col dorso della mano. Non era possibile. I conti non tornavano. – Non è possibile, – sussurrò infatti.

– Riconosce qualcuno? – chiese il giovane con un mezzo sorriso sulle labbra.

– Curcello, – rispose Ruben con voce ebete. – Se non fosse impossibile direi che questo è Curcello, – completò indicando il secondo bambino nella fotografia.

Il giovane sbarrò gli occhi per l'eccitazione. – Esatto, ispettore: ma non quel Curcello che crede lei, questo è Curcello Dante. Rignano 13 luglio 1929, di Curcello Carmelo ed Edda Caruso. Il padre di Curcello Carmelo, Roma 16 novembre 1957, ispettore capo della Scientifica. Comincia a capire?

Ruben scosse la testa. – Questo bambino sarebbe il padre dell'ispettore Curcello?

– Una somiglianza notevole, non trova? – incalzò il giovane.

– Sorprendente, ma che cosa dimostrerebbe? – rifletté Ruben che cominciava a interessarsi piú di quanto avrebbe voluto.

– Da un punto di vista indiziario forse nulla. Ma invita a tenersi alla larga dalla polizia, – rispose secco il giovane. – Figlio di un capo locale della Milizia Fascista. Eletto nelle liste del Movimento sociale per due volte. Nipote di Caruso.

– Quel Caruso lí? – s'informò Ruben con circospezione.

Il giovane fece un lungo sospiro prima di rispondere. – Non certo del tenore. Proprio quel Caruso lí. Il questore. Quello delle fosse. L'hanno preso mentre cercava di raggiungere la sorella Edda, poco fuori Roma.

Ruben Massei si strofinò la guancia col palmo della mano. – Cosí le colpe dei padri ricadono sui figli, – rifletté provando a fare il cinico.

– Perché, non è cosí che succede? – provocò il giovane.

– Non lo so –. Le mani di Ruben avevano preso a sudare. – Certo Curcello non faceva mistero delle sue simpatie politiche. E non posso dire che fossimo culo e camicia.

Gli occhi del giovane si fecero grandissimi. Assediava Ruben spingendo il capo in avanti. Sovrastandolo dalla sedia di fronte alla poltrona. Nel suo collo teso, il pomo d'Adamo faceva l'effetto di un uovo dentro una calza.

– Curcello è solo una figura di secondo piano. Un fascista comune, – rivelò. Poi si mise a frugare dentro la sua cartella.

Ruben intanto diede un'occhiata alla terza fotocopia. Ancora una fotografia. Pareva piú recente, un raduno, una commemorazione. Un gruppo di uomini in borghese. Uno spazio alberato. Non riconobbe nessuno. Fra i partecipanti, alcuni dei quali in camicia nera, non vide Curcello. Sollevò uno sguardo interrogativo verso il giovane, che aveva finito di armeggiare nella cartella.

– Non troverà Curcello, se è lui che sta cercando, – disse l'altro leggendogli nel pensiero. – Predappio 1973, – spiegò subito dopo. – Riunione annuale dei nostalgici alla tomba del Duce per l'anniversario della sua morte. Portano una corona di fiori. Si salutano romanamente –. Tentò un tono sarcastico senza riuscirci. – Vorrei che osservasse con attenzione ogni singolo particolare della fotografia –. Era arrossito vistosamente, il pomo d'Adamo andava su e giú con ritmo crescente.

Ruben strinse le palpebre per concentrarsi sull'immagine. Doveva trattarsi di una foto scattata dall'alto, forse dalla cima di un muro di cinta. Il gruppo dei «nostalgici» era in una posa casuale. Quelli in primo piano erano fissati in una discussione animata, i visi conturbati, il mento fremente. Subito dietro di loro, altri trafiggevano lo spazio con le destre innalzate e le braccia erette. Sullo sfondo gruppi sparsi. Qualche curioso, piú distante, sulla sinistra, dove iniziava un filare di cipressi.

– Non capisco, – si arrese Ruben.

Il giovane lo fissò per un istante. – Sulla sinistra, – disse bisbigliando, come se temesse di farsi sentire.

Lo sguardo di Ruben si fissò sulla porzione di spazio che gli era stata indicata. Una donna, forse. Forse un ragazzo appoggiato alla bicicletta. Un uomo con soprabito e cappello. Si arrese ancora una volta. Scuotendo il capo riprese a guardare il giovane con aria interrogativa.

– L'uomo col cappello, – disse il ragazzo allungandogli una lente d'ingrandimento che aveva preso dalla sua cartella.

Ruben afferrò la lente. Stava diventando nervoso. L'uomo sembrò spiccare un salto dal piano dell'immagine. La grana della fotocopia lo rendeva irriconoscibile. Ma la sagoma appariva chiara.

– La posizione, – suggerí il giovane.

Ruben fece un balzo sulla poltrona. Il braccio sinistro dell'uomo era piegato, la mano afferrava la vita. Dalla sua bocca scaturí un gorgoglio che doveva sembrare una risata. Gli aveva fatto perdere tutto quel tempo per un'assurdità del genere! «Siamo seri, che cazzo c'entra la posizione del braccio. Milioni di persone si mettono in quella posizione», pensò. Ma non fece in tempo a parlare.

Il giovane lo anticipò distendendogli sulle ginocchia tre immagini ingrandite delle braccia in questione:

– Sono state fatte esaminare da quattro comportamentalisti di fama internazionale. Nessuno di loro ha dubbi sul fatto che si tratti della stessa persona. Ho qui le loro lettere di risposta. Noti la posizione delle dita della mano, è la stessa in tutt'e tre le immagini.

– Vuol dire – azzardò Ruben – che i gesti possono avere una continuità nel tempo?

Il giovane annuí con entusiasmo. – Sono come impronte digitali: ognuno di noi ha un gesto caratteristico, può essere un tic, una posizione, come in questo caso, un modo di muovere le mani, di guardare la gente, di voltare la testa. Non esistono due persone che possano compiere lo stesso, identico gesto. È chiaro?

– È chiaro che avete un sacco di soldi da spendere e un centro di documentazione niente male, – commentò Ruben. – Ma sopratutto è chiaro che tutti questi sforzi non ci aiutano a capire né chi sia questo individuo, né perché lo state cercando.

– Lo stiamo cercando perché è il capo, – lo gelò il giovane della sinagoga. – E poi non è vero che non sappiamo di chi si tratti, – disse estraendo un'altra fotografia dalla cartella. Un originale, stavolta. Quasi identico alla prima immagine mostratagli. Il ragazzo si era spostato di qualche centimetro rispetto ai genitori, senza abbandonare la posizione consueta. Il padre si era spinto verso la donna, tentando di baciarla. Lei appariva frastornata, non voleva farsi immortalare in quella posizione «sconcia». Ne era scaturita un'immagine mossa, poco posata, poco celebrativa. La novità consisteva nel fatto che una mano incerta aveva inciso sulla carta fotografica tre nomi: Luigi, Tiberio, Margherita.

– Tiberio Amanzi. Segretario del Partito Fascista nella sezione di Roma Centocelle dal 1932 al 1937. Fu defenestrato con un'accusa di accaparramento. Non faceva parte della corrente giusta. Non era simpatico a Starace. Era il marito della sorella piú piccola di Caruso, Margherita. Fu proprio il cognato a evitargli il confino facendolo trasferire con la famiglia a Rignano, dove divenne capomastro in proprio con scarsa fortuna. Suo figlio Luigi è il nostro uomo.

– Non basta pensarlo, bisogna provarlo. Che fine avrebbe fatto questo Luigi? Che legami avrebbe con l'organizzazione antisemita che spedisce queste porcherie? – domandò Ruben dando un'occhiata al foglio battuto a macchina col disegno del campo di concentramento.

– È una vecchia conoscenza... – disse finalmente il giovane. – Mi sto scoprendo piú del dovuto, ispettore Massei.

Ruben scattò in piedi. Aveva lo sguardo di un bambino spaventato.

– Nel novembre 1972 un infiltrato in un gruppo fascista romano spedí un messaggio in codice che annunciava la nascita, sulla scia di *Settembre Nero*, di un'organizzazione terroristica antisemita, parafascista, con protezioni molto in alto. Politici di rango. I servizi segreti italiani. Un'organizzazione che ha contatti con la mafia. Voti e contanti in cambio di esplosivo, armi e operai. Fu in occasione degli incidenti seguiti a una partita di basket proprio qui a Roma, giocava la squadra di Tel Aviv...

– Mi ricordo... – lo interruppe Ruben.

– Bene, – riprese il giovane, – fu in quell'occasione che apparve per la prima volta la sigla dell'organizzazione: *Soluzione Finale*. Il capo era indicato con un nome in codice, o almeno cosí sembrò allora, Luigi. Una persona insospettabile e invisibile. Di cui non si sapeva niente, neanche se fosse reale o meno. Fino a qualche mese fa. Quando sono venute alla luce queste immagini e questo nome. Un po' troppo perché si tratti di una semplice coincidenza. Secondo le nostre informazioni è lui l'ispiratore di certe azioni terroristiche in Italia e all'estero. Alcune molto famose.

– Ho capito, ho capito, – si affrettò a dire Ruben per

paura che cominciasse a elencarle. – Andiamo... – cercò di riprendersi, – queste sono cose da film.

Seguí una pausa lunghissima. Durante la quale il giovane non tolse gli occhi di dosso a Ruben. – Sono stato autorizzato a metterla al corrente, – disse per rassicurarlo. – Non avrei mai agito di mia iniziativa.

Ruben assentí facendo oscillare debolmente la testa. – Comunque non vedo che legame ci sia col mio caso, – resistette. Si accorse con stupore di aver chiamato «il mio caso» quell'indagine inesistente, dalla quale era stato estromesso: una donna scomparsa, tre ragazzi scomparsi, una villa fuori Roma. Ed ora un poliziotto suicida. Il suo caso.

– È stata Luce Ancona a trovare le fotografie –. La voce del giovane era ferma e metteva la parola fine a tutti i suoi dubbi. – È sparita per questo.

– È sparita per questo, – ripeté Ruben sovrappensiero. Con uno scatto della testa tentò di riacquistare l'autocontrollo. – Chi mi assicura che posso fidarmi di lei? Chi mi dice che lei sia veramente ciò che dice di essere? – domandò all'improvviso.

– Nessuno, – rispose il giovane semplicemente. – Nessuno. Questo fa parte dei cosiddetti rischi, quando si svolge un'attività come la mia. Se lei non mi crede significa solo che non sono stato abbastanza convincente.

– Bene, mettiamo che io le creda, che cosa vuole esattamente da me? – La voce di Ruben era diventata piú vibrante.

Il giovane allargò le narici per il sollievo. – Luigi, – disse con calma. – Deve essere bloccato con tutti i mezzi.

– Non sono la persona adatta, – si arrese Ruben. – Anche ammesso che riesca a trovare questo Luigi, quello che mi chiede è una cosa che non posso fare. Sono un poliziotto.

– Stiamo cercando la stessa persona. E non è detto che questo non le permetta di trovare quello che sta cercando veramente –. Il messaggio del giovane colse il bersaglio.

Ruben cominciò a sbattere le palpebre come se una folata di vento gelido l'avesse colpito in pieno viso. – Che ne sa lei di quello che sto cercando veramente? – esclamò con aggressività.

Il giovane si limitò a sorridere. – Non c'è nessun altro di cui possiamo fidarci –. Aveva assunto un tono stranamente supplichevole. – Lei ha l'esperienza necessaria. È motivato –. Disse quest'ultima parola guardando Ruben in viso. – E… – riattaccò dopo una breve pausa – …non è un membro della comunità –. Poi sorrise cercando di mascherare un imbarazzo crescente. – Per ora, voglio sperare, – aggiunse.

– E che c'entra questo? Che c'entra il fatto che io non faccia parte della comunità? E poi perché dovrei riuscire io dove il Mossad ha fallito? – chiese Ruben decidendosi a pronunciare quella sigla.

Il giovane lo guardò con un sorriso vago. – Non l'ha capito? – chiese sorvolando su tutto quanto d'impronunciabile era stato pronunciato. – Luigi è un membro della comunità ebraica! – rivelò scuotendo il capo.

1943 – settembre.

Isacco si sentí perduto. Tutti quei giorni di clandestinità erano andati in fumo. Provò a pensare che il volto visto tra i cespugli fosse solo il frutto della tensione per la spedizione alla villa e della paura per lo scoppio improvviso. Ma per quanto cercasse di convincersi, dovette cedere alla verità.

Qualcuno l'aveva visto. Qualcuno che ora sapeva della loro presenza. Qualcuno che poteva denunciarli.

Non restava che andare avanti. Non restava che sperare...

La villa aveva subìto devastazioni e saccheggi. Gli ampi saloni erano stati spogliati di quasi tutto il mobilio. Ai piani superiori la corrente faceva sbattere le persiane. Nella biblioteca i libri erano stati ridotti a un cumulo di cenere.

Lo scalone al centro dell'atrio sembrava l'unica testimonianza di un passato sontuoso.

Isacco fece due gradini per volta per arrivare il piú presto possibile al piano superiore. Frugò, con le gambe che ancora gli tremavano dallo sforzo, tra macerie di vecchie cose accatastate e abbandonate alla muffa. La bambola di Rachele spuntava da un mucchio di abiti ridotti ormai a vecchi stracci.

Corse senza guardarsi indietro, andando incontro al rogo che scaldava l'aria e aveva generato una densa cortina di fumo. Il bombardamento aveva cancellato il paese. E ora, da vicino, quella devastazione parve a Luigi il segno incontestabile di una potenza superiore, che riduceva tutto a un fragore sordo. Nel fuggi fuggi generale i piú vecchi, i piú deboli cadevano lasciandosi travolgere da piccole folle di persone che avevano abbandonato per miracolo le proprie abitazioni e che guardavano il cielo come a ringraziare di calpestare ancora la terra. Gente in pigiama, gente in mutande, gente nuda, che debordava nelle strade sventrate dallo scoppio, fuggendo tra braccia, mani, teste, gambe, disseminate ovunque. Qualcuno si lamentava sotto strati di calcinacci e pietre, oppresso dalle volte crollate di una casa, ma non ancora morto. Vagiti di neonati risuonavano nel caos.

Ancora pochi passi, ancora qualche spinta contro la corrente, e Luigi arrivò alla sua casa. Oltre le orbite vuote delle finestre della facciata, rimasta in piedi per una specie di scherzo della fisica, poteva osservare il cielo limpido screziato da ciuffi di fumo come nubi che avessero fretta di scappare. Si accorse che nel suo animo non c'era un briciolo d'angoscia, piuttosto una specie di stordimento colmo di livore. Per questo, alzando le spalle, constatò l'assoluta, completa distruzione della sua casa e della sua vita senza una lacrima. Non pianse nemmeno al pensiero che sotto quel cumulo di macerie erano morti suo padre, sua madre e la vecchia nonna. «Già sepolti», pensò, e questo pensiero lo consolò.

Attorno a lui gente impazzita scavava a mani nude, incoraggiando a resistere figli, madri, che si lamentavano sotto le case crollate.

Luigi non fece un cenno, non spostò una pietra, non emise un richiamo. Solo la sua mano si mosse automaticamente a raccogliere una cartellina, che conosceva bene, dove erano contenute alcune fotografie.

Non fece un cenno, ma capí. Capí che la sua calma e quel sentimento di pace completa non erano altro che rabbia. Rabbia nella sua espressione piú atroce.

«Ecco perché non si sono mossi, – sussurrò fra sé pensando al ragazzo visto alla villa, – perché sapevano che presto sarebbero venuti a salvarli».

Con questa certezza s'incamminò verso la collina. Seguendo il flusso dei fuggiaschi, si accodò a un gruppo di giovani in camicia nera. Li conosceva, avevano fatto parte della Milizia Fascista del paese. E ora vagavano allo sbando.

Disse tutto: che gli Ancona non erano veramente fuggiti; che dovevano essere nascosti da qualche parte in cantina; disse che aveva visto il figlio aggirarsi in giardino e fare segni prima del bombardamento, e che gli americani erano venuti per portarli via.

Nella stanza murata, in cantina, il boato aveva fatto sussultare i clandestini. Livio Ancona era balzato in piedi cercando di vedere nell'oscurità. L'aveva preso una specie di furore, nell'accorgersi che Isacco non si trovava al suo posto, ma una speranza nuova rendeva meno angosciosa la sua sorpresa: gli americani erano arrivati. Rachele si strofinava gli occhi chiedendosi che cosa avesse generato tanto rumore. Sara tentava di capire il motivo dell'agitazione del marito, ma non osava fare domande.

Cosí lo sentí chiamare nell'oscurità via via meno violenta. – Isacco! – implorava Livio. Poi, rivolgendosi alla moglie: – È scomparso, Isacco è scomparso!

Lei si limitò a stringere a sé la bambina. – Che cosa sta succedendo? – chiese finalmente con voce assente.

– Sono arrivati! – annunciò Isacco tendendo la bambola alla piccola Rachele. Era rientrato in quel momento, nella sua testa regnava una confusione fatta di senso di colpa. Non parlò, non disse niente di quello che avrebbe dovuto confessare, perché gli occhi dei genitori rivelavano, ora, sollievo.

Passò un tempo indefinibile, senza rumori, senza una parola.

Il suono dei passi in cantina li sottrasse a quella fissità. Un calpestio aggressivo di persone che frugavano il locale. Poi voci, voci di qualcuno che tentava di trovare l'accesso alla stanza murata. Oltre la falsa parete, Livio, Sara, Rachele e Isacco si strinsero incantucciandosi in un angolo come a scomparire. Sentivano le voci sempre piú vicine, le sentivano a pochi passi da loro.

I quattro giovani erano eccitati per la caccia.

– Ci dev'essere una stanza murata! – disse quello con la voce piú profonda, quello che poteva definirsi il capo.

Un'altra voce, piú squillante, prese a fare versi. – Dove siete? – grufolava. – Siamo venuti a prendervi!

Le pareti risuonarono di battiti. Cercavano di stabilire dove si trovasse il vuoto, spostavano mobili e scaffali. Cosí trovarono l'ingresso.

Il resto fu tutto un precipitare.

Isacco scivolò a terra con le gambe che erano diventate improvvisamente inconsistenti e l'udito ovattato dal terrore. Da lontano sentí il crepitare della mitraglietta che aveva fatto esplodere il viso del padre. Lo vide cadere quasi sopra di lui e sentí il sapore del suo sangue che gli imbrattava il viso. S'incuneò ancora piú profondamente sotto i sacchi. L'unico rumore che era in grado di percepire ora era il tonfo del suo cuore impazzito.

Il capo, quello con la voce profonda, aveva strappato gli abiti di dosso alla madre mettendo a nudo le sue carni bianche. Isacco non poté vederla ma percepí il peso del suo corpo che veniva scaraventato sui sacchi. La donna emise un lamento che non aveva niente di umano, come un vagito prolungato. Il capo chiedeva l'aiuto degli altri perché la tenessero distesa. Ma la donna era come di marmo, contratta per l'orrore. Il piú tozzo dei quattro, quello con la mitraglietta, prese a martellarle la gola col calcio dell'arma, mentre il capo si abbassava i pantaloni della divisa mostrando i glutei pelosi. Con un grugnito penetrò la donna che gorgogliava sotto di lui con la gola fracassata. I suoi movimenti divennero via via piú concitati mentre invitava quello tozzo ad allentare la pressione sul collo di lei, per paura che morisse troppo presto. – Non mi piace scopare i cadaveri! – ansimava. – Non sono mica un giudeo!

La battuta fece ridere tutti. Anche quei due, i piú giovani, che si stavano occupando della bambina. La calciavano contro la parete e si voltavano verso un'immaginaria folla a esultare per il goal ogni volta che il corpicino batteva contro il muro.

Isacco capí fino a che punto fosse inesplicabile l'orrore. E provò un fastidio assurdo per quella impotenza. Se quello era l'orrore, l'orrore era un abisso.

Si appiattí scivolando verso la botte, verso il suo segreto, senza nemmeno il timore di essere visto. Non era la paura che lo faceva strisciare verso la salvezza, era il peso di qualcosa di talmente incomprensibile da rendere tutto possibile. Niente era accaduto, quello che aveva addosso non era il sangue di suo padre. Quel fantoccio che gorgogliava supino sui sacchi e veniva seviziato non era il corpo di sua madre. Quell'ammasso informe di carne pulsante non era la piccola Rachele. Niente stava accadendo, ma quel niente pesava e gli impediva di rialzarsi. Scivolò come una cosa liquida attraverso la porta a oblò e scoprí con stupore che, oltre il tunnel, c'era il mattino. Eppure non osava uscire. Sentí degli spari in giardino. Dopo un tempo che gli parve ragionevole scattò. Superando una grata si trovò nella serra. Ma a quel punto dovette fermarsi, consegnandosi al Destino: il ragazzo, quello intravisto solo qualche ora prima, era lí. E sembrava aspettarlo...

Soluzione Finale. Il foglio era scivolato dalle sue dita planando verso il tappeto. Ruben sollevò le palpebre passando dal sonno alla veglia. Dalla televisione accesa arrivavano le voci concitate del telegiornale mattutino. A giudicare dall'indolenzimento alla schiena, erano parecchie ore che dormiva in quella posizione: i piedi ancora calzati, le gambe allungate, i pantaloni semisbottonati, la cravatta allentata, gli occhiali per leggere che pendevano da un orecchio. Il tallone destro faceva male. Postumi da frattura. Allentò il laccio della scarpa. Zoppicando verso il bagno si calò i pantaloni, si sfilò la cravatta, si sbottonò la camicia. Seduto sulla tazza del water, si sporse verso il rubinetto della vasca, poco distante, per riempirla d'acqua calda. La stanza da bagno fu invasa da una cortina di fumo.

Restò qualche secondo con un piede, quello che doleva, immerso nell'acqua per abituarsi alla temperatura. Poi fu la volta dell'altro piede. Seduto sulla sponda della vasca, guardava le piastrelle bianche davanti a sé. Ecco il candido niente. Il limbo dove cercava di condurlo il suo sguardo. Per la testa era un'altra cosa. Come al solito.

Destandosi, si sfilò la maglietta ed entrò piano nell'acqua che aveva acquistato nuovo calore a contatto con i fianchi e il basso ventre. Qualche secondo ancora per miscelare altra acqua («troppo calda, troppo fredda»). Avvolto dal calore, percependo ancora un brivido per il gelo che scaturiva dal contatto con la parete di fondo della vasca, si lasciò andare col viso rivolto al soffitto.

Luce Ancona.

Lascia la sua casa nel primo pomeriggio. Ha dei documenti con sé? Sta fuggendo da qualcosa o da qualcuno? Viene aggredita o ha un incidente? È morta o è viva?

I tre ragazzi.

Scompaiono contemporaneamente. Entrano a *Villa Ancona*. La danneggiano. Nessun furto. Nessun segno di scasso. Avevano le chiavi? Nessuna prova apparente della presenza di Luce Ancona. Sono andati lí per lei? Avevano un appuntamento con la donna? O i due fatti sono semplicemente il frutto di una assurda coincidenza?

Daniele Foa.

Ha omesso il particolare dei volantini neonazisti. Ha incontrato Isacco Ancona. Sa piú di quel che dice?

Carmelo Curcello.

Conosceva i tre ragazzi. O almeno ha cercato di mettersi in contatto con quello ritenuto il loro capo. Era il tramite con l'organizzazione? Il mandante di una spedizione punitiva contro la famiglia Ancona? Ha ricattato Isacco Ancona? Ha tentato di calunniarlo dicendo che è stato pagato da lui per coprire le impronte della moglie alla villa? E se è stato pagato, perché non risultano versamenti sul suo conto? Questo particolare l'aveva controllato con estrema facilità. E se aveva ragione, perché si è ucciso?

Isacco Ancona.

Perché denunciare Curcello per estorsione? Per spingerlo al suicidio? Per renderlo un testimone inattendibile? Curcello avrebbe dovuto mettersi in contatto con lui. Avrebbe dovuto avvertirlo del fatto che si era lasciato andare, per paura, con un collega che si era messo a fare domande sui loro rapporti. Ma paura di che cosa? Se il giovane della sinagoga aveva ragione, non c'era motivo di temere alcunché. L'organizzazione aveva protezioni molto in alto. Talmente in alto da far saltare qualunque tentativo d'inchiesta sull'intera faccenda.

E questo era accaduto. Per opportunità, le elezioni politiche entro quarantacinque giorni. La comunità ebraica in subbuglio per la data della consultazione elettorale. Interessi grossi, un giro di denaro per una squadra di vigilantes. Una serie di documenti che denunciano l'identità di qualcuno che non vuole essere identificato.

Il bagno era durato il lasso di tempo che passa da un'edizione del telegiornale all'altra.

Non molto, dunque.

La televisione sempre accesa ora mandava un filmato appena giunto da Hebron. Un colono israeliano aveva fatto una strage di palestinesi dentro a una moschea. Una carneficina. Buongiorno, Ruben Massei. Buongiorno, Baruch Goldstein.

15 febbraio 1994. Cazzo.

Il commissario Centi lo guardò con stupore. – E io dovrei prendere freddo fino a quest'ora di notte per sentire queste farneticazioni?

Ruben Massei aspettò che la ruga verticale al centro della fronte del suo superiore si spianasse. – Lo sapevo che avrebbe detto qualcosa del genere, ma ho voluto provare... – Sospese la frase in attesa di una risposta. Il commissario Centi continuò a guardare fisso in direzione del cruscotto. – Ho persino sospettato di lei, – disse alla fine solo per costringerlo a voltarsi.

Il commissario Centi si voltò. – Lei ha sospettato di me? – chiese con semplicità, come se quell'affermazione non l'avesse toccato piú di tanto.

Ruben Massei accennò col capo: – Certo, – chiarí. – Per via della telefonata di Curcello a casa sua.

Il commissario ebbe un sussulto. – Che c'entra quella telefonata? Ma lei come ha fatto? – Lo stupore gli uscí di bocca come una specie di lamento. – Era una chiamata di servizio: la madre era stata male, voleva avvertirmi che non sarebbe venuto in ufficio.

– Lo so, – rispose Ruben facendo il rassicurante.

– Che cosa vuole esattamente? Che cosa vuole fare? Che cosa vuole dimostrare? – incalzò il commissario in preda all'inquietudine.

Ruben provò a sorridere. Non era facile rispondere. – È come se avessi davanti una persona che ho conosciuto anni fa, una persona che si aspetta che io la riconosca, che io ricordi come si chiama, che io ricordi dove l'ho incontrata. Solo che io per quanto mi sforzi non riesco a ricordare niente di tutto ciò. Le è mai capitato di trovarsi in una situazione del genere? Tutta questa storia ce l'ho davanti. Solo che non riesco ad afferrarla.

– Dunque secondo lei la donna scomparsa sarebbe morta perché in possesso di informazioni comprometteti, – disse il commissario riportando la conversazione al dato di partenza.

– E qualcuno ha interesse a fare in modo che non si trovi, – completò Ruben Massei.

– Si riferisce al marito, non è vero? – domandò il commissario Centi con una punta di stanchezza. – Certo che lei è veramente straordinario: non si è spostato di un millimetro. Tutte queste energie per tornare all'origine.

– Sensazioni, – affermò Ruben.

– Facciamo ridere i polli con le sensazioni, ispettore, – constatò il commissario. – Forse se non si lasciasse guidare dalle sensazioni vedrebbe alternative che le sono sfuggite. Chi le dice, per esempio, che Curcello non abbia mentito riguardo ai suoi rapporti con Isacco Ancona?

– Non ha mentito, – intervenne Ruben. – La scomparsa della donna è stata un incidente imprevisto, qualcosa che ha fatto traballare un piano ben preciso. Un lavoro di mesi. Costringere la comunità ebraica a finanziare i propri attentatori con il miraggio di una protezione. Miliardi, commissario. Pizzo. Ha presente? Qualcuno che si fa passare per quello che non è. Tutto procede. Curcello fa la sua parte. Il passa-parola, finché la donna non scompare. Un incidente cretino. Ragazzotti poco esperti, troppo ligi al loro compito. Devono entrare in casa, alla villa, devono limitarsi a prendere qualcosa e poi distruggere tutto per far pensare a un atto di vandalismo. Ma la donna decide di partire proprio quel pomeriggio, cosí, di punto in bianco. E se la trovano davanti sul piú bello. Non sanno che fare, ci scappa il morto. Ed ecco che arriva il nostro uomo. Ora risponda a questa domanda: perché i ragazzi non sono tornati con la loro macchina?

– Vuole dire...? – si rabbuiò il commissario Centi.

– Voglio dire proprio quello: i ragazzi non hanno mai lasciato la villa! La macchina è rimasta lí semplicemente perché il nostro uomo non sapeva dove fosse, non sapeva quale fosse. Ecco il secondo errore.

– Allora Curcello? – chiese il commissario Centi sfregandosi la mascella col palmo della mano. La barba cominciava a bucare l'epidermide bianchissima del suo viso.

– Curcello deve controllare che le tracce della donna siano sparite. La macchina di Luce Ancona è stata lasciata nel punto in cui è uscita di strada. Il nostro uomo ha cancellato le tracce piú vistose dentro la villa, ma sa che qualche elemento, qualche traccia, invisibile a prima vista, è rimasta. Cosí contatta il suo «referente» al Commissariato. E si scopre.

– È straordinario, avrebbe dovuto fare lo scrittore, – commentò il commissario Centi. – Peccato che non ci sia uno straccio di prova...

Ruben Massei ebbe un attimo di perplessità: non era facile cercare d'imbastire una verità possibile tacendo elementi importanti come le rivelazioni del giovane della sinagoga, o la sua scappata a casa Salvati, o i messaggi del suo «fantasma». – C'è la telefonata di Curcello, la sicurezza che conoscesse i ragazzi del raid alla villa. C'è il tentativo di Isacco Ancona di coprire gli indizi della scomparsa della moglie.

– Queste non sono prove, – s'incaponí il commissario, – sono piuttosto elementi per un teorema accusatorio, ispettore, lo sa benissimo. Le indagini non si fanno partendo da una convinzione pregiudiziale. Che riscontri ha, per esempio, del fatto che Isacco Ancona abbia veramente offerto dei soldi a Curcello? Ha trovato un conto corrente intestato a lui? Ha qualcuno che possa testimoniare di averlo visto insieme all'Ancona? Ha qualche prova del coinvolgimento di Curcello negli attentati alla comunità ebraica?

Ruben Massei abbassò il capo. Niente soldi. Nessuna prova del coinvolgimento. Solo una telefonata. Una confessione che sarebbe stata definita estorta. Una serie di messaggi, scritti cinquant'anni prima, che lo incoraggiavano a proseguire.

– Si rende conto che questo modo di procedere non approda a niente? Sta facendo buchi nell'acqua, ispettore, – concluse il commissario facendo scattare la maniglia della portiera per guadagnare l'uscita.

Buchi nell'acqua. L'ultimo pensiero prima di cedere al sonno. Il primo appena sveglio.

Ascoltò il notiziario del mattino alla radio. Faceva l'effetto di un'intrusione:

«Una giovane epilettica di 22 anni viene inseguita nel pieno centro di Savona da cinque minorenni che la aggrediscono a piú riprese tentando di gettarla in un cassonetto dei rifiuti e poi d'incendiarle i capelli, tra l'indifferenza dei passanti...

... Riprende, tra mille difficoltà la trattativa tra il leader referendario Mario Segni e il segretario del Partito Popolare Mino Martinazzoli...

... Renato Morandina, funzionario del Pds veneto, si presenta spontaneamente dal giudice Di Pietro e dichiara che i duecento milioni...» Lo scatto dell'interruttore succhiò via le ultime parole sigillandole nell'apparecchio.

Uno spiffero fece voltare Ruben verso la finestra. Si guardò attorno cercando di evitare l'immagine del suo volto allo specchio.

Il tonfo al petto lo colse di sorpresa. Gli parve d'intravedere una figura in soggiorno. Con il respiro pesante fece un balzo al centro della stanza. Nessuno. Nessuno, per dio! Non piú sicuro sulle gambe cercò un appoggio. E vide il messaggio.

Non era tanto presto, ormai. Tanto piú che le persone anziane dormono poco. Dal bar di fronte, il palazzo di Curcello sembrava ancora piú dimesso nel suo grigio opacizzato dallo smog. Il foglio, che conteneva l'ultimo messaggio, era diventato carta straccia nella tasca di Ruben. A furia di martoriarlo, quasi per farlo sparire: *...non ti meravigliare, perché sopra un grande sta un altro grande, e sopra entrambi uno piú grande ancora...* Era questo che diceva.

Una chiave. La chiave di tutto. Si sentí improvvisamente inadeguato. Rise di se stesso mentre sorseggiava il terzo caffè. Proprio quando aveva deciso di lasciar perdere. Buchi nell'acqua. Buchi nel suo cervello. Pazzo di sensazioni. Senza uno straccio di prova.

La voce di una giovane rispose al citofono, era incerta. Lo fece aspettare prima di far scattare l'apertura automatica. Quando arrivò all'appartamento, la vecchia lo attendeva al centro dell'andito, all'altezza della porta della cucina.

Sorrideva del sorriso ingenuo di certe madri che amano tutto dei figli. Anche i nemici. Si scusò di non essere in grado di camminare fino a raggiungerlo. La ragazza che aveva aperto la invitò a sedersi guardando Ruben di sguincio.

– È un collega di Carmelo, – disse la vecchia per giustificare la fatica a cui si era sottoposta. La giovane sparí in quella che era stata la stanza di Curcello.

– Volevo venire prima, poi ho deciso di aspettare che fosse tutto finito, – sussurrò Ruben schiarendosi la voce.

La vecchia si diresse verso una poltrona sistemata davanti alla porta finestra. La occupò con un leggero lamento. – L'artrosi, – disse indicandogli una sedia. – Io so chi è lei, – continuò quando Ruben si fu seduto. – Carmelo la nominava spesso –. Il labbro prese a tremarle.

Ruben diede una stretta al foglio che teneva in tasca. – Come si sente? – chiese cercando di assumere un tono caldo.

La vecchia scosse il capo. Gli occhi le si inumidirono.

– Quante cose brutte hanno detto su quel povero figlio, – lamentò con un filo di voce.

– Forse perché non sanno la verità, – azzardò Ruben.

La vecchia lo guardò con gratitudine. – Quale verità? – chiese agitandosi per trovare un fazzoletto appallottolato nel polsino del suo maglione. – Era un figlio meraviglioso. Questa è la verità.

– Ma, ultimamente, era preoccupato? – La domanda di Ruben appariva come un'affermazione.

La vecchia accennò col capo. – Stavo per andarmene qualche tempo fa, il cuore, – specificò. – Non aveva testa, solo cure e dottore. Si preoccupava di tutto. Era ansioso. Forse era meglio che me ne andavo io, tanto che cosa ci sto a fare qui? – Si premette il fazzoletto sugli occhi.

– A settembre è stata male, – accennò Ruben col respiro faticoso.

– A settembre? – chiese la vecchia. – Quando, questo settembre?

– Quello appena trascorso, – chiarí Ruben.

La vecchia sorrise. – Gliel'ha detto Carmelo? – chiese.

L'accenno di Ruben poteva essere anche un diniego. Non voleva mentire. Ma non poteva raccontare come l'aveva saputo.

– Era fatto cosí, aveva paura di tutto. Ma non sono stata male. Sono due anni che faccio le cure e va abbastanza bene.

– Il professor Palmisani è un ottimo medico –. Ruben buttò lí la frase enfatizzandola con un movimento ampio delle mani.

La vecchia lo guardò perplessa. – Pensa che dovrei rivolgermi a lui? – chiese.

Lo sguardo di Ruben si perse a vagare per la stanza in un crescendo di pena. L'odore di caffè era nauseante. L'inutilità di quella visita era nauseante. Il fetore terribile delle menzogne. Seguí il volto della vecchia che aveva disperso gli occhi oltre la porta finestra. Dentro un groviglio di piante straordinariamente verdi, sul balcone, protette dal gelo con teli di plastica.

– Lui, me le ha regalate, – disse la vecchia che sembrava voler cambiare argomento almeno quanto Ruben. – Questo era mio figlio: tornava a casa e mi portava un regalo, oppure arrivavano queste piante. Senza motivo. Mica per le ricorrenze. Cosí, perché si ricordava che mi piacevano.

– Le portava lui? – chiese Ruben.

– Le portava un fattorino col furgone. Anche quando Carmelo non c'era. Poi tornava a casa, vedeva la pianta e qualche volta faceva finta di non saperne niente, era fatto cosí.

– Ne arrivavano tante... – constatò Ruben dopo qualche secondo, per paura che si notasse la smania con cui s'interessava alla questione.

– Negli ultimi tempi, – confermò la vecchia. – Tanto che un giorno gli dissi che non riuscivo a curarle tutte. Con l'artrosi non posso stare piegata. Ma lui era fatto cosí. Ora glielo racconto. Quando portò a casa il catalogo delle piante...

– ...Non stancatevi troppo –. La ragazza era apparsa in cucina senza il minimo rumore.

Ruben si voltò di scatto verso di lei. – È colpa mia, – disse alzandosi in piedi. – Tolgo il disturbo.

La ragazza fece spallucce. La vecchia allungò il braccio per invitarlo a restare seduto. – È la figlia di mia cugina, si preoccupa, ma tanto, cosa vuole che mi stanchi, stia seduto.

La ragazza aveva afferrato un soprabito dall'attaccapanni vicino al radiatore e l'aveva indossato. – Vado a fare la spesa, – annunciò avviandosi verso l'andito. – Non dimenticare la pastiglia, – disse rivolta alla vecchia quando era già arrivata al portoncino d'ingresso.

Seguirono attimi di silenzio. – Ha conservato quel catalogo? – chiese improvvisamente Ruben.

La vecchia indicò con il mento la credenza. – Nel primo cassetto, – disse.

Ruben si alzò in piedi oscurando con la sua ombra il corpo esile della vecchia, dovette quasi scavalcarla per raggiungere il punto indicato.

Il logo DITTA FLOR esplose nel suo sguardo schizzando fuori dal cassetto. Ruben inspirò facendo fischiare l'aria fra i denti. – Era questa la ditta che portava le piante? – domandò sollevando un lembo del catalogo.

La vecchia accennò un sorriso.

– Quindi non è stata male ultimamente, – riprese Ruben chiudendo il cassetto.

– Il dottore mi ha permesso persino di uscire. E mai l'avessi fatto. Se fossi stata in casa quel pomeriggio...

– Intende quando suo figlio...

– Era venuto un signore distinto. Proprio quando stavamo per uscire. Si è offerto di farmi accompagnare a Villa Borghese con la sua macchina. Carmelo disse che si poteva fare, sembrava contento di vedere quel signore.

– Ma chi guidava la macchina? – chiese Ruben sovrastandola.

La vecchia stette a guardarlo per qualche istante, non pareva piú a suo agio. – Non lo so, – rispose. – Un giovanotto molto gentile. È stato un bel pomeriggio.

Lo scatto in avanti di Ruben la fece indietreggiare contro la spalliera imbottita della poltrona. – È in grado di descrivermi questo giovanotto? – La domanda era una specie di urlo trattenuto. – Era alto? Con la barba e gli occhiali da vista?

La vecchia sbarrò gli occhi: – Sí, – disse semplicemente. – Era proprio cosí!

La scalinata che portava all'interno della sinagoga fu consumata con pochi balzi. Se gli fosse bastato il fiato, Ruben avrebbe potuto tentare un'entrata a effetto, ma la mancanza d'aria lo costrinse a fermarsi poco prima del corridoio perimetrale. Premendosi il costato con un braccio provò a ricomporsi. Se mai qualcuno gli avesse domandato come c'era arrivato, alla sinagoga, avrebbe dovuto abbassare gli occhi e confessare di non saperlo. Qualche secondo prima, poteva giurarlo, si trovava nella cucina dell'appartamento di Curcello. Poi era salito in macchina e la città aveva cominciato a scivolare fuori dai finestrini seguendo il battito delle tempie. C'era un pensiero confuso, qualcosa che si andava disegnando nella testa, ma non aveva forma. Solo azioni sfilacciate. Daniele Foa aveva visto Curcello il pomeriggio stesso della sua morte. Il giovane della sinagoga aveva accompagnato la vecchia a Villa Borghese. Curcello sembrava contento. Aveva bisogno di parlare in privato con Daniele Foa. Oppure, ecco una conclusione che prendeva corpo, la vecchia era stata trasformata in un ostaggio, nel prezzo per una trattativa. A Villa Borghese col giovane della sinagoga, fuori dal controllo del figlio. La madre di Curcello, qualcosa da dire a Daniele Foa, la decisione di impiccarsi. Un suicidio, o un'impiccagione, un'esecuzione?

E lui, Ruben Massei, cinquantun'anni, in mezzo a tutto, a fare il turista. A informare e a fidarsi. A bere stronzate come se fossero oro colato.

E lui, Ruben Massei, a coltivarsi il colpevole perfetto.

Un marito distrutto che non vuole ammettere che la moglie sia morta. Uno che ha i parenti scolpiti nel marmo. I primi della fila: Ancona Livio, Ancona Sara, Ancona Rachele...

Non si sentiva meglio. Ma fece un passo verso l'interno del tempio.

Accecato da un'oscurità improvvisa, brancolò fino alla prima figura indistinta che si muoveva verso di lui.

Un signore di mezza età, basso di statura. Crollò tra le sue braccia.

– Lei sta male –. Aveva una vocetta garrula.

Quando Ruben cominciò a registrarla, era tornato anche a vedere. – Dov'è? – chiese d'impatto a quello sconosciuto provando a reggersi sulle sue gambe. L'uomo lo guardò con un misto di perplessità e timore. – Dov'è il giovane che sta qui di solito? – riprovò Ruben, rendendosi conto solo allora di non conoscere il suo nome.

– Stefano? – chiese l'uomo, che aveva fatto due o tre passi indietro.

– Non so come si chiama, – tagliò corto Ruben, – è alto, molto magro, ha la barba e gli occhiali.

– Stefano, – confermò l'uomo. – Non è a Roma in questo momento... Ma dove va? – Si agitò vedendo che Ruben lo scavalcava con uno strattone per raggiungere gli uffici. Provò persino a fermarlo, ma dovette arrendersi alla sua determinazione.

Ruben lo sentí, a un certo punto, come un peso che rallentasse il suo cammino. E spinse con quanta forza aveva: l'uomo sbatté sulla balaustra per poi rialzarsi con lo sguardo terrorizzato.

Lo sentí urlare anche mentre imboccava lo stretto corridoio che portava agli uffici. Daniele Foa comparve da una stanza illuminata con luce artificiale nonostante fosse mattino inoltrato.

Il viso gli si spianò in una maschera rigida quando il suo sguardo incontrò quello di Ruben.

Intanto, zoppicante, l'uomo di mezza età avanzava nel corridoio. – Non sono riuscito a fermarlo! – lamentava.

Con un gesto del braccio Daniele Foa lo invitò a calmarsi. – Non è successo niente, – disse. – Me ne occupo io.

– Sapevo che l'avresti scoperto, ma era un rischio che dovevo correre –. Daniele Foa cercò una posizione piú favorevole sondando lo studiolo colmo di libri con un movimento repentino delle pupille.

Ruben lo sovrastò facendo un passo avanti per evitare di dare le spalle al corridoio. – Se penso che eri quasi riuscito a fregarmi. Che avevo creduto in te.

– Lasciami parlare, Ruben! – La voce di Daniele Foa era uno staffile. – Sei sempre stato patetico, con quella faccia da martire. Eppure te la sei passata bene, nonostante tutto. Ti puoi persino permettere di giocare a fare il grande passo. E poi non ti ho mentito. Ho evitato di spiegarti qualcosa che la tua mente grossolana non sarebbe riuscita a capire.

Nella gola di Ruben la salivazione era diventata un ricordo. Fece tanta fatica a deglutire che lo sforzo gli arricciò il volto. – Avete organizzato tutta questa messa in scena degli attentati per intascarvi qualche miliardo –. Provò ad assumere un tono sarcastico.

– Ecco! Che ti dicevo? Al solito tu capisci solo quello che ti pare. È una questione di orizzonte, e il tuo è talmente ristretto… Hai un'idea, Ruben, di quello che sta succedendo? – Pareva calmo, Daniele Foa, di una calma fuori dal normale. Con lentezza allungò la mano verso un cassetto della scrivania.

Il braccio di Ruben volò all'altezza dei lombi. La pistola comparve dal nulla in cima al suo braccio teso. – Tieni le mani in vista! – urlò cercando l'apparecchio telefonico con la coda dell'occhio.

– Oh no, Ruben, che delusione! Che cosa credi di poter provare! Sei entrato qua dentro, hai aggredito un uomo indifeso e disarmato.

– Io non devo provare nulla. Sarà la polizia a decidere.

– Ruben, se non fosse perché ti voglio bene non ti direi quello che sto per dirti: non mi arresterebbero nemmeno, amico mio. Non c'è motivo per procedere.

– Hai visto Curcello il pomeriggio stesso in cui si è impiccato. L'avete costretto a impiccarsi, avete preso la madre in ostaggio. Lei potrà riconoscervi.

– Una fantasia senza limiti, Ruben, dovevi fare lo scrittore, te l'ho detto. E perché di grazia avremmo voluto la morte di Curcello?

– Soldi, lo sai bene. Generare il panico, approfittare della minaccia della destra. Delle elezioni che sopraggiungono. Delle amministrative vinte per un soffio.

– Vinte da chi, Ruben? È patetico persino il tuo linguaggio. Devi convincerti che tu non vivi in questa terra. Non riesci a controllare il significato di quello che dici. Destra, la paura della destra. Ma quale paura? Quale destra? Sono sconcertato. Sei l'unico che conosca ancora convinto che queste formulette riescano a spiegare la realtà.

La mascella di Ruben ebbe uno scarto, si portò la mano al volto per bloccare il tremore. – La realtà sarebbe che persino nella comunità ebraica qualcuno lavora per Paperone.

Daniele Foa strinse gli occhi per trattenere una risata.

– Sei impagabile, Ruben, ero sincero quando dicevo che nonostante gli anni sei rimasto lo stesso. Ma ti devo dare torto. Fai solo propaganda. I veri guai arriveranno soprattutto se vinceranno le sinistre. Non devi giudicare in base al tuo stadio evolutivo, che è, concedimelo, abbastanza primitivo. Sei pieno di pregiudizi, hai paura delle parole! Le cose sono molto cambiate da quando erano in auge termini come la «controparte», i «nemici del popolo», la «classe operaia».

– Certo, certo, abbiamo passato gli ultimi dieci anni a prepararlo, questo cambiamento.

– Ancora luoghi comuni. Garanzie, governabilità: questi sono termini efficaci. Il destino dei nostri soldi, e non dico solo per noi. La sicurezza degli investimenti. Le garanzie per le imprese. Se questo viene messo in crisi, tutto il sistema crolla. La nostra stessa sopravvivenza viene messa in discussione. Questa è Storia, Ruben. Certo non si può pretendere che questa visione risulti ufficialmente, e, a essere sinceri, molti non sarebbero d'accordo all'interno della comunità. Ma si tratta di persone accecate dalla paura.

– E Luce Ancona era una di queste. Luce Ancona aveva mangiato la foglia, aveva capito dove andavano a finire quei soldi?

– Per capire aveva capito, su questo non ti dò torto.

– È per questo che l'avete fatta tacere?

– Senti, Ruben, quei soldi sono andati a finire in un posto tale che «farla tacere», come dici tu, era persino inutile. La scomparsa di Luce Ancona non ha niente a che vedere con l'affare degli attentati. È stato un incidente che ci ha molto danneggiato.

– Servono per finanziare un'organizzazione?

– Fuochino.

– Un partito politico.

– Fuoco! Lei vince un orsacchiotto! – La pistola comparve dal retro di una pila di libri sulla scrivania. Daniele premette il grilletto senza guardare. Il colpo al fianco fece rimbalzare Ruben contro uno scaffale in noce. Sentiva un bruciore che invadeva parti del suo corpo molto distanti dal punto in cui presumibilmente la pallottola l'aveva colpito. Sentiva che la sua mano aveva stretto la pistola per impedirle di cadere. Sentiva che l'indice, nella stretta, aveva fatto esplodere un colpo.

Ruben vide lo sguardo di Daniele Foa agitarsi nel nulla assoluto. Poi vide il suo viso sciogliersi come se fosse di cera. Non sapeva dove l'aveva colpito, ma sapeva che era caduto a terra e non si muoveva.

Il giovane della sinagoga reinserí la sicura della sua pistola. Ruben fece appena in tempo a vederlo prima di lasciarsi andare.

1948 – agosto.

Il bambino non rispose subito. Cercò di sottrarsi allo sguardo del vecchio facendo vagare le pupille verso una piletta di libri accatastati sul comodino. La pressione della mano del vecchio si era fatta insistente fra la nuca e le spalle.

– Allora? – disse tentando un sorriso. – Non hai la lingua? – Il bambino accennò di sí, che ce l'aveva. – Bene, – constatò il vecchio, – che nome ti è stato dato? – chiese per la terza volta.

– Ruben, – bisbigliò il bambino con un filo di voce. – Ruben, – ripeté lasciandosi trasportare al centro della spuma bianca di lenzuola. Sul petto ossuto del vecchio.

Dopo una mezz'ora il piccolo Ruben guardava le sue scarpe lucidate col lardo oscillare nel vuoto a dieci centimetri buoni dal pavimento. Il vecchio aveva parlato sempre. Aveva raccontato senza fermarsi storie con nomi impossibili. Suo «padre» (pensarlo tra virgolette) era rimasto in piedi, ora appoggiava la schiena alla porta.

– Allora la donna disse: «Se vuoi puoi prendere mio figlio, che non è circonciso, e darmi il figlio tuo: cosí potrai andare dal re e avere salva la tua vita e quella di tuo figlio» –. La voce del vecchio si era fatta monocorde. Ruben alzò il capo per incontrare il suo sguardo. – Cosí lei si presentò dal re e il governatore, che l'aveva denunciata, disse: «Questa donna ha trasgredito le leggi e ha fatto circoncidere il suo neonato...» E il re disse: «Mostratemi suo figlio, voglio vedere se è circonciso». Ma si trovò che circonciso non era! Allora subito il re ordinò di uccidere il governatore e di annullare il decreto. E congedò la madre e il neonato. Quando la donna andò a riprendere il suo vero figlio, che era circonciso, l'altra le disse: «Dato che l'Eterno, sia Egli sempre benedetto, ha compiuto per te un grande miracolo, per mezzo di me, e per tuo figlio per mezzo del mio, essi saranno uno per l'eternità».

Il vecchio prese a respirare con piú affanno. I piedi di Ruben si arrestarono a mezz'aria.

13. Ruben aprí gli occhi...

Ruben aprí gli occhi in una stanza che non conosceva.
– È solo un graffio, – disse il giovane della sinagoga.
– La pallottola è entrata e uscita dal fianco a pochi centi-
metri dalla milza. È stato fortunato.

Ruben spalancò la bocca, aveva sete. Con la mano indicò una bottiglia d'acqua su un tavolino non molto distante.

Il giovane gliene porse un bicchiere colmo. – Ha perso
molto sangue, – disse.

– Dove sono? – farfugliò Ruben, sentendo la sua voce
come estranea.

– In un posto sicuro, – si limitò a rispondere il giovane.
– Lo controllavamo da mesi, – specificò anticipando una
domanda che era nell'aria. – Sapevamo dell'accordo con
quei teppisti per organizzare gli attentati. Sapevamo che
quei fondi servivano per finanziare un candidato eccellen-
te della destra: il Professor Ennio Palmisani.

– E l'avete lasciato fare? – chiese Ruben con incredulità.

– *Ecclesiaste*, capitolo quinto versetto settimo: «Non ti
meravigliare perché sopra un grande sta un altro grande, e
sopra entrambi uno piú grande ancora». È abbastanza chiara come risposta? C'interessava la cima della piramide.

– A costo di qualche vittima, – constatò Ruben cercando di mettersi a sedere. Lo sforzo gli fece stringere i denti.

– Se si riferisce a Luce Ancona, sbaglia. Luce Ancona non è morta. Luce Ancona è al sicuro.

La sorpresa nel volto di Ruben si disegnò nell'arco di qualche secondo, come se occorresse del tempo a farla salire dal petto. – Dov'è stata nascosta? – chiese sforzandosi di apparire calmo.

– Luce e Isacco Ancona erano al corrente. È stato lui a voler incontrare Daniele Foa per capire il suo grado di coinvolgimento nella scomparsa della moglie. Gli ha confermato la sua convinzione che la moglie non fosse morta e si è offerto di aiutarlo a «reperire i fondi per la campagna elettorale». A questo punto è entrato in gioco lei, ha rischiato di mandare tutto a monte. Prima con l'aggressione a Curcello, che ha perso la testa, poi con il suo atteggiamento persecutorio nei confronti di Isacco Ancona.

– E la polizia?

– Il commissario Centi è stato informato al momento opportuno, controllava Curcello. Isacco Ancona, su nostro suggerimento, gli aveva chiesto di «lavare» il rapporto stilato dopo il sopralluogo alla villa. Non che Ancona lo volesse fare. Era terrorizzato. Doveva apparire distrutto per la scomparsa della moglie, ma sapeva che se fosse stata collegata alla questione degli attentati avremmo sprecato un vantaggio irrinunciabile.

– La cima della piramide, – completò Ruben.

– La cima della piramide, – ripeté il giovane della sinagoga. – Luigi.

– Non ha senso, – protestò Ruben. – Chiunque sia questo Luigi, si sarebbe messo tranquillo se avesse creduto morta Luce Ancona. Avrebbe agito senza problemi.

– Lasciarlo nell'incertezza significava costringerlo a scoprirsi.

– Ma perché, se non aveva niente a che fare con gli attentati alla comunità ebraica!

– Un'idea di Daniele Foa. Firmare gli attentati con la sigla *Soluzione Finale*. Un'idea suicida perché destinata a scontrarsi con un fatto imprevisto: Luce Ancona era entrata in possesso di documenti importanti riguardanti proprio quell'organizzazione.

– L'identità di Luigi, – tentò Ruben.

– Comincia a capire. Farla passare per morta significava solo scoprirci. Rivelare che gli stavamo fiatando sul collo. Farla scomparire significava metterlo alle strette. Limitare la caccia in un terreno a noi favorevole. Tenerlo sulla graticola. Costringerlo a sbagliare. E sbaglierà. Perché sarà costretto a cercarla, a scoprirsi.

– Un'esca, – constatò amaramente Ruben. – Dov'è? – chiese.

Il giovane sorrise. – Forse non ci crederà, ma lo ignoro. Il marito è l'unico a saperlo. Comunque lei non è stato del tutto inutile, la sua indagine ci servirà a farlo sentire piú tranquillo. La denuncia d'Isacco Ancona nei confronti di Curcello ci ha permesso di mettere una pezza al disastro che quel pazzo stava per combinare. Il resto l'ha fatto da solo, decidendo di suicidarsi. Ecco una copia del suo rapporto sul caso, mi sono permesso di sorvolare su qualche fatto non troppo importante...

Il rapporto, battuto a macchina, era scritto in un linguaggio sorprendentemente «poliziese». Spiegava che un'organizzazione neonazista aveva attivato un giro di estorsioni ai danni di alcuni membri della comunità ebraica con la complicità di un membro della polizia: l'ispettore della Scientifica Carmelo Curcello, il quale, vistosi scoperto, ave-

va deciso di togliersi la vita. Spiegava che le indagini del
«sottoscritto» ispettore capo Ruben Massei avevano con-
dotto alla neutralizzazione del progetto criminoso. Spiegava che la collaborazione di Daniele Foa, perito nel tentativo di resistere all'estorsione, aveva reso possibile la risolu-
zione del caso…

I giornali, nella settimana seguente, diedero un grande
risalto alla notizia. Aggiunsero particolari straordinari. L'on-
da lunga delle strumentalizzazioni sommerse l'avvenimen-
to, lo impregnò di significati imprevisti e imprevedibili.
    La ferita si rimarginò in fretta.
    Ma la voragine si faceva via via piú profonda. E Ruben
smise di dormire, aspettando albe seduto in macchina. Ora
tutto quel caos aveva raggiunto una stabilità, ora ogni cosa sembrava ritornare alla normalità. Ma il salto era fatto.
E per quanto si guardasse alle spalle non vedeva che buio.
    «Il mio caso», ripeté a se stesso. Ma pensava alla sua vi-
ta. Pensava al suo posto rimasto vuoto in Commissariato,
a quei nomi scolpiti nella lapide dentro al tempio, al suo letto intatto. Tutto rimandato, tutto sospeso.
    Dentro quell'ordine c'era un disordine pronto a riesplo-
dere, come una montagna d'indumenti sporchi stipati dentro a un armadio da una cattiva massaia.
    Per quanto cercasse di convincersi che quella era l'uni-
ca soluzione possibile, per quanto provasse a scrutare oltre
quell'orizzonte che pareva tanto angusto, riusciva solo a
pensare a tutti gli elementi che non avevano trovato una
collocazione. Al «caso» delle piante che Curcello e Francesco Salvati ricevevano puntualmente dalla stessa ditta.
Al «caso» del suicidio di Curcello, cosí tempestivo, cosí perfetto. E poi alla bestia, Ruben il cane da tartufi, che aveva

sbagliato preda, che aveva fatto la punta a un marito esemplare. A quei messaggi scritti per lui, Ruben il prescelto. Ma scritti da chi? Il giovane della sinagoga non ne aveva parlato, e Ruben nonostante tutto non era cosí «grossolano» da consegnarsi al ridicolo. Anche Daniele, che sembrava non averli presi sul serio, quei messaggi, l'aveva aiutato a decifrarli: non li aveva sentiti come una minaccia nei suoi confronti. Ma Daniele non era un riferimento attendibile. Qui ebbe una fitta. Quella ferita al fianco che sarebbe rimasta come un marchio sulla sua carne. E il bambino visto alla villa? Ma forse non si trattava di un bambino...

Si avviò verso Rignano dicendo a se stesso che erano passate troppe settimane dall'ultima volta che era stato a trovare suo padre a *Villa Salus*.

Durante il percorso dovette lottare contro la tentazione di lasciar perdere tutto. Ma tornare a casa l'avrebbe costretto a fare un bilancio. Qualcosa di molto simile a un'ammissione di fallimento. Perché c'erano stati dei momenti in cui aveva creduto di poter mettere un freno a quel suo scivolare verso il nulla. Come vivere in macchina, appunto. E avrebbe desiderato un porto sicuro, qualcosa che assomigliasse a una terra, a una casa. Il dubbio non poteva rappresentare un porto sicuro. Un'esistenza troppo sfumata per avere contorni.

La verità non poteva aiutarlo. Non quella specie di verità messa su per convenienza, piegata alla necessità di avere un senso: un'organizzazione neonazista, la comunità ebraica, un poliziotto eroico, il sacrificio di una vittima. Eppure era bello. Aveva un che di virtuale, come se la verità fosse un metallo malleabile. Come se fosse possibile assoggettare i fatti per disporli in una logica accettabile.

Era una lezione. Per lui e per tutti quelli che, sbattuti nell'imponderabile assenza di riferimenti, s'illudono che basti trovare altre certezze.

All'altezza del curvone prima della villa cercò di non guardare. Calcolò mentalmente quanti metri restavano da fare per superare il cancello.

Si era alzato un vento leggero, quanto bastava per agitare le cime degli alberi. Con le mani incollate al volante, vide il cancello scorrergli davanti al viso, poi scivolare attraverso la tempia. Fece un sospiro di sollievo con la felicità di un bimbo che riesce a superare un corridoio buio senza accendere la luce.

Una felicità di poco conto. Di breve durata. Solo il tempo di accorgersi che le spie, nel pannello oltre il volante, stavano impazzendo. Cercò di accelerare senza successo. L'auto si era bloccata a pochi metri dall'ingresso della villa.

All'inizio non fu terrore, solo stupore, qualcosa di simile all'inebetimento. Poi anche rabbia, per quel poco di lucidità che era rimasta da qualche parte nel suo cervello. Spalancò la portiera dell'auto dopo essere riuscito, per forza d'inerzia, ad accostarla sul ciglio della strada. Si guardò intorno e non riconobbe il paesaggio. La fila dei caseggiati grigi, nuove unità abitative di piccoli bunker a schiera con parvenze di giardini, era scomparsa. Anche l'insegna della pizzeria-trattoria poco distante era scomparsa. La villa appariva di un colore diverso, il cancello stesso, solo accostato, era diverso. La targa di ceramica con la scritta VILLA ANCONA era di una vetrosità lucidissima. Nel vialetto ghiaioso erano scomparse le lampade a bulbo e anche l'assetto del parco gli parve diverso.

Con la mano tremante aprí il cancello per entrare.

Una folata di vento trasportò ai suoi piedi le foglie secche degli ippocastani e qualcosa che lo fece indietreggiare: un foglio di quaderno, uno di quelli che conosceva bene. Si chinò per raccoglierlo.

Tu conosci l'oltraggio e l'ignominia mia, innanzi a te stanno tutti i miei nemici!

Lesse quest'unica riga con trasporto. Fino a quando nel suo volto, nel volto di Ruben il prescelto, cominciò a disegnarsi un sorriso.

Sollevando il mento oltre le siepi si accorse che era l'alba. L'alba del tempo, forse. Un'alba tiepida. Percepí l'odore del fumo e il grigiore della cenere trasportata dal vento. Avanzò fino alla villa. Pareva disabitata. Camminò verso il patio, finché voci indistinte provenienti dall'interno non lo costrinsero a scattare in un punto riparato.

Con stupore si accorse di essere finito proprio nella zona da cui provenivano quelle voci, non sapeva come, non sapeva spiegarsi un accidente di tutto ciò che gli stava capitando. Tuttavia ora quelle voci avevano dei volti: quattro ragazzi in camicia nera, che sgusciavano da una porta laterale. Uno di loro si aggiustava la camicia dentro ai calzoni, gli altri ridevano passandogli a qualche metro di distanza. Solo allora Ruben ebbe la certezza che non potevano vederlo. Andavano incontro a un ragazzo che li aspettava all'ingresso della serra. Era lui. Il ragazzo delle fotografie. Il braccio destro ingombrato da una pesante mitraglietta che pareva enorme rispetto alla sua stazza. Il braccio sinistro piegato verso il fianco...

Ruben provò a spalancare la bocca, ma non uscí alcun suono. Ora il ragazzo faceva vomitare all'arma una scarica di pallottole. I quattro giovani in camicia nera ballavano, falciati dai colpi, come marionette.

Il ragazzo verificò che fossero morti, poi fu attratto da

un rumore all'interno della serra. Ruben si diresse verso quel punto senza pensare.

Ora i due ragazzi erano uno di fronte all'altro. Ai rispettivi bordi della vasca. Il ragazzo armato premette sul grilletto. Ma le pallottole erano finite. L'altro ne approfittò per correre verso l'uscita e quasi lo fece, ma il ragazzo armato l'aveva raggiunto e brandiva la mitraglietta come una clava. Lo colpí facendolo cadere a due passi da Ruben. Poi lo trascinò verso la vasca... Ruben accorse, sentendo nelle narici e nella gola il fetore pungente dell'acqua marcia. Cercò di afferrare quelle immagini inconsistenti slanciandosi oltre la patina grassa dello specchio d'acqua.

Fu allora che sentí una pressione sul collo. Aprí gli occhi agitando la testa con furia. Reggendosi con le mani al bordo della vasca, fece leva per sollevarsi e ci riuscí con un sforzo talmente potente da far indietreggiare il suo aggressore.

Isacco Ancona ansimò per la spinta. Da vicino sembrava piú vecchio. Ma era forte, Ruben l'aveva constatato. Frugandosi nella tasca del soprabito con goffaggine, tirò fuori una pistola. Ruben la riconobbe. Era la sua. Per accertarsene si portò la mano alla natica. Isacco Ancona doveva avergliela sottratta. Ma quando? Com'era finito là dentro?

Sentí che non c'era tempo per farsi delle domande. Tanto piú che Isacco Ancona, tenendolo sotto tiro, aveva cominciato a parlare: – Questa è la mia casa, – articolava a fatica. – È ciò che mi spetta. È la mia vita.

– Non è la tua vita, Luigi –. Quello che poteva sembrare un commento fuori luogo scaturí dalla bocca di Ruben come una frase detta a un bambino.

La mano armata di Luigi Amanzi cominciò a tremare. – Non ho passato tutta la vita da ebreo per arrivare a questo punto! – balbettò. – Non finisce cosí! Non dopo tutto lo schifo che ho dovuto sopportare.

– E quello che hanno dovuto sopportare quelli che hai fatto uccidere?

– Quelli? E la mia famiglia chi credi che l'abbia fatta uccidere? L'hanno fatta uccidere loro, i giudei! E ora è arrivato il tuo momento, perché il mio lavoro non è finito. Non ora che posso vederli tremare di paura –. L'ultima frase era un grido strozzato.

Allora sparò, ma l'arma fece cilecca. Con un balzo d'ira, Luigi Amanzi scaraventò la pistola al suo fianco. Ruben ebbe appena il tempo di accorgersi che per uno strano destino gli era stata regalata un'altra possibilità. Tentò di guadagnare l'uscita della serra, ma Luigi Amanzi gli fu addosso e lo spinse ancora una volta contro il bordo della vasca. Ruben sentiva la pressione del suo corpo sul costato. Lo sentiva ridere. – Detesto sparare, – diceva, – cosí è piú divertente –. Intanto, strisciando sotto il suo corpo, Ruben riuscí a sollevarsi sulle ginocchia. Ma non bastò. Ora la mano di Luigi Amanzi gli afferrava la nuca, sbattendogli la fronte sulla superficie cementata del pavimento. Ruben sentí che i pensieri gli fuggivano dalla testa come rivoli di sangue...

Il posto era una stanza cieca. Sulla parete destra si vedevano tre botti per metà murate. Era legato, disteso sul pavimento. Fu la voce di Luigi a risvegliarlo. Stava parlando a se stesso. Una torcia elettrica puntata verso l'ostaggio creava un contrasto netto di luce e ombra. Stava parlando a se stesso protetto dall'oscurità piú totale oltre quel fascio di luce. – Sono una razza curiosa, – blaterava. – Ficcare il naso fra i documenti, trovare le fotografie. Questo non si fa. Senza nemmeno considerare che ho dovuto sposarla. Che schifo, per tutti questi anni. Me l'hanno regalata, hanno detto: «Nascondila in posto sicuro, non sa nemmeno lei che cosa è andata a rimestare con quelle fotografie!» E io a dire che certo l'avrei nascosta, protetta: sotto terra –. La risata di Luigi fece rabbrividire Ruben. – Sai qual è stato l'errore? – chiese vedendo che Ruben si era svegliato. – Quella maledetta macchina, è stata l'errore! – continuò senza aspettare una risposta. – E sí che l'ho cercata! Ma chi poteva immaginare, non potevo mica chiedergli dove avessero parcheggiato prima di farli fuori. Erano entrati in casa, capisci? In casa mia. Quel porco di Foa voleva provarci con me! Usando tre ragazzi fanatici. Come si fa? Come si fa a sopportare tanta stupidità! Tre pidocchiosi che entrano in casa mia! E fanno i loro comodi! Uccidono mia moglie, quella curiosa, ma questa è stata solo una coincidenza, forse una bella coincidenza, anche se non sopporto chi mi toglie il divertimento. Almeno l'ho sepolta. E quel tentativo puerile di farmi passare per l'organizzatore delle aggressioni alla comunità. Usavano la mia azienda, capisci? Si facevano recapitare una pianta con la data e il posto. Come se io non fossi in grado di scoprirli. Come se io fossi il tipo da organizzare robette del genere. Non sanno pensare alla grande. Sono una razza sbagliata. Intriganti. Ambigui. Avidi. Eh, la Soluzione Finale è un'altra cosa...

Passò qualche secondo prima che Ruben potesse rendersi conto che nella stanza cieca era calato il silenzio. La sagoma di Luigi si era frapposta fra lui e il fascio di luce. Teneva in mano una tanica. – Che cosa vuoi fare? – chiese con la bocca impastata.

– Fuoco, – fu la risposta. E poteva indovinare la dilatazione allucinata delle pupille di Luigi mentre pronunciava quella semplice parola.

– Distruggerai la tua casa, – tentò Ruben, sperando di guadagnare qualche secondo. Ma Luigi spargeva benzina intorno al suo corpo immobilizzato dalle corde. Fino a imbrattargli i capelli. – Distruggerai la casa! – ripeté imprimendo piú forza alla frase.

– Niente di tutto questo. Ho bloccato la presa d'aria. Tutto cemento, – spiegò dando una manata alla parete piú vicina. – Quando avrà fatto il suo lavoro, il fuoco si spegnerà: niente ossigeno, niente combustibile, niente fuoco. Abbastanza ossigeno per fare un arrosto, troppo poco per bruciare la casa, – completò estraendo una scatola di fiammiferi dalla tasca del soprabito.

– Non riuscirai a cavartela! Ti hanno scovato ormai! Non ci vorrà molto tempo per collegarti alle fotografie!

– Di questo ho intenzione di occuparmi oggi stesso! – Luigi aveva un'aria veramente divertita mentre faceva ciondolare davanti al viso di Ruben le chiavi del suo appartamento. – Lo so che ne hai una copia in casa, lo so! – Faceva il verso a un bambino saccente. – Poi passeremo a liquidare il grande eroe, quello dei film di spie –. Il bagliore del fiammifero regalò a Ruben l'ultimo sguardo di Luigi. Oltre le prime fiamme, lo vide sparire da una spessa porta in muratura.

Il caldo divenne soffocante in pochi secondi. Ruben tentò di trascinarsi, come un grosso, ridicolo bruco, nella zona della stanza non ancora avvolta dalle fiamme. Si rese conto del fatto che stava tremando, forse per la fatica, forse per il terrore. Quando vide il ragazzo poco distante da lui, quando sentí le sue mani gelide armeggiare per sciogliergli i polsi e le caviglie, pensò solo che era morto. Pensò che non era stato poi tanto male andarsene. Una delle botti alla parete era aperta. Il ragazzo lo tirò per il bavero della giacca perché si mettesse in piedi, invitandolo a penetrare nel cunicolo. E Ruben vi entrò, incurante dei suoi vestiti che avevano cominciato a prendere fuoco, convinto che anche quel tunnel significasse morte, il passaggio da un inferno a un altro.

Solo quando poté respirare in direzione della luce, fu certo che era sopravvissuto. Nel bagliore fioco dell'ultima parte del tunnel si accorse che aveva le mani ustionate. E rise di una risata talmente insensata da spaccare i polmoni. Il ragazzo era seduto al suo fianco, stringeva fra le mani il suo quaderno. Serrando le palpebre, Ruben cercò di metterlo a fuoco e vide il suo volto devastato dai vermi. – Fanno male, – disse il ragazzo abbassando la testa. – Non si riposa, non si riposa, – cantilenò.

Ruben fece appena in tempo ad allungare una mano verso di lui. – Isacco, – sussurrò come se chiamasse un figlio. Ma fu inutile, perché al suo fianco c'era il vuoto.

Ancora un ultimo sforzo e si sarebbe trovato all'esterno. Ruben saggiò con le mani indolenzite la grata tonda che chiudeva il cunicolo. Spinse verso l'alto e uscí con tutto il busto nella serra, a pochi metri da Luigi Amanzi. Cercava qualcosa. Il rumore metallico della grata che ricadeva nel suo sito lo fece voltare. Gli sguardi dei due uomini s'incrociarono nello stesso istante in cui Ruben vide la pistola a terra, vicinissima. L'afferrò d'istinto premendo sul grilletto nel momento esatto in cui la mano era entrata in contatto con l'arma. Lo sparo non partí. Luigi cercò di raggiungerlo a grandi falcate. Con la forza della disperazione, Ruben fece scivolare fuori il caricatore per reinserirlo con un colpo secco del palmo della mano. Il primo sparo raggiunse Luigi nel collo.

Si portò entrambe le mani alla gola facendo un mezzo giro su se stesso. Il suo sguardo rivelava uno stupore infantile. Senza cadere a terra, riprese a dirigersi verso Ruben che non si era ancora alzato.

Il secondo sparo gli scalfí uno zigomo. Questa volta la sorpresa aveva lasciato il posto alla rabbia. Senza smettere di stringersi il collo, Luigi scosse la testa come volesse liberarsi di un insetto molesto. E continuò a camminare.

Ruben prese bene la mira. Strinse la pistola con entrambe le mani. Il terzo colpo raggiunse la fronte, un foro netto fra gli occhi...

Nel vialetto di ghiaia, appoggiandosi a uno dei lampioncini, Ruben poté riprendere fiato, con la diffidenza della vittima che ha paura di vedere comparire da un momento all'altro il suo carnefice.

E capí il suo destino.

Quella diffidenza.

Un sentimento con il quale doveva imparare a convivere per il resto della sua vita.

Stringeva ancora la pistola in una mano, nell'altra le sue chiavi di casa. Si trascinò fino alla macchina, buttandosi a peso morto sul sedile del guidatore. Provò a mettere in moto e sentí il ronzio del motore come il suono piú dolce della terra. Il foglio posato nel sedile al suo fianco gli provocò un nodo in gola. Lo afferrò con la mano sporca di fuliggine, lasciando ditate sulla superficie porosa e candida: *Passammo per il fuoco e per l'acqua, ma infine tu ci desti riposo*.

Avvertenza.

Questo è solo un romanzo e, in quanto tale, non ha la presunzione della Verità, ma della plausibilità. Tutti i fatti descritti, esclusi quelli riportati fedelmente da telegiornali o giornali radio, sono completamente inventati e non sono realmente accaduti. I nomi dei personaggi sono frutto di alchimie del tutto casuali.

M. F.

Indice

*Stampato per conto della Casa editrice Einaudi
presso Milanostampa / A.G.G., Farigliano (Cn)
nel mese di maggio 2004*

C.L. 16771

Ristampa
Anno

0   1   2   3   4   5   6   7   2004   2005   2006   2007